傘をもたない蟻たちは

加藤シゲアキ

角川文庫
20980

目次

染　色

二人で過ごした日々、僕の手は彼女と同じように、いつも多種多様な色彩に染まっていた。色褪《いろあ》せてもなお、彼女の色は刺青《いれずみ》のように身体中に深く刻まれている。なあ、そうだろう美優《みゆ》。


この日も酔った同級生らの会話が煙草の煙に塗《まみ》れて飛び交っていた。話の内容の大半は現代美術に対する批判だったが、僕からすればどれも的外れで退屈だった。闇雲に語り合う友人たちの話を適当に聞いていると、「え、ってか市村《いちむら》、来週課題あるって言ってなかったっけ?」と話しかけられた。

「あるよ」

「今日とか飲んでていいのかよ」

「もう終わった」

そう答えると、一緒に飲んでいた五人全員が揃って驚嘆の声を上げた。

「来週の課題がもう終わってるとか神様じゃん! 仙人じゃん!」

喩《たと》えるならどっちかにしなよ、と思いつつも「簡単な課題だったんだよ」と彼らをあしらい、店員に牛すじの煮込みを注文した。何度も通っているのでこの居酒屋のメニューはほとんど暗記している。

「市村はマジで優等生だな」

「そんなことないよ」

「現役合格、期限守る、彼女もいる。なんだお前ただのリア充じゃねーか」

「そんなことないって」

くだらない会話から離脱し、壁に貼られたチラシやポスターを眺めた。ヤニで煤《すす》けた壁とは対照的な刷られたばかりのそれらは、演劇コースの学生が立ち上げた劇団の公演とか卒業生の個展を知らせるもので、そのデザインをひとつひとつ頭の中で寸評していった。どれもこれも、エゴが強くて青臭くて、その割に有名アーティストたちの影響が透けて見えて気持ち悪かった。自分だったらこうするのにな、などと考えているうちにだんだん疲れてしまって、何も考えず一人静かに飲んでいた。

しばらくして、同じ美大に通う学生が一人で店にやってきたのが視界に入った。店内は煙で霞《かす》んでいたのではっきりと見えなかったが、どうやら女性のようだった。美大生だと判断できたのは、大学付近にある飲み屋はここくらいで、学生以外の住民は若者がうるさくしているこの店を避けていたからだ。女性が一人で来るには少し遅い時間だったが、おそらく授業後に一人で制作していたのだろうし、特に不思議に思うほどのことではなかった。彼女はカウンターに座って慣れた様子で注文し、ビールを飲んでいた。

彼女に違和感を覚えたのは羽織っていたシャツを脱いだ時だった。タンクトップを着ている彼女の首や肩口が露《あらわ》になり、肌の白さが一際目立った。それは、着ていたタンクトップと肘《ひじ》から手にかけてが黒かったからで、最初は長い手袋を嵌《は》めているのだと思った。しかしすぐにそれが手袋でないと分かった。

彼女はスプレー缶をカバンから取り出し、おもむろに手に吹き付けた。あまりにも日常的な仕草だったので、僕は制汗スプレーと見間違えたが、ノズルから噴霧された液体は黒かった。彼女はまるでボディクリームを塗るように、吹き付けたカラースプレーを肌に馴染《なじ》ませた。

幻覚でも見ているのかと自分の目を疑ったが、彼女は確かにそこにいた。周囲の客や店員が彼女の風変わりな行動にざわついているなか、彼女は何事もなかったかのようにまたビールを飲んだ。

「お前がやっている技法はオマージュではなく単なる模倣だ！　それは芸術に対する愚弄に等しい！」「そういうお前の描くものは、実際は難解風な装飾をしただけの、独創性の欠けたくだらない落書きだ」

泥酔した友人らはやがて激昂《げっこう》し、耳障りな言葉を互いに浴びせ合った。いつにも増して二人の態度はきつくなっていき、手が出るのも時間の問題だった。思った通り店内で殴り合いが始まり、店員は「やめてください」と声をかけるものの二人の熱気に気圧《けお》され、止めることができないでいた。客たちも二人の喧嘩《けんか》をただ見ているしかなかった。

するとカウンターで飲んでいた彼女が勢いよく立ち上がり、二人の顔にカラースプレーを噴射した。黒い霧が空間にふぁっと広がる。塗料が目に染みたらしく、彼らは喚《わめ》きながら顔を押さえて倒れ込んだ。

彼女の顔が少しだけ見えた。思ったよりも幼い顔つきで、肌は透けそうなほど薄かった。

店内に異様な静けさが漂う中、彼女は自分には関係ないと言わんばかりにポケットから何かを出してカウンターに置き、荷物を持って店を出ていった。

去り際に一度目が合った。その目つきは友人を制しようとしなかった僕を責めているようだった。

咄嗟《とっさ》に彼女を追いかけようとしたが、のたうつ二人に助けてくれと足首を掴《つか》まれて動けなくなってしまった。ふと彼女がいたカウンターに目が留まる。グラスや割り箸《ばし》、千円札——最後にポケットから出したのはこれだった——など、彼女が触れたもの全てにスプレーの色が付着していた。その色は思っていたような黒ではなく、黒に見間違うほど濃い藍《あい》色だった。

＊

「毎年思うけど、外国に来たみたいな気分になるね」

構内はたくさんの人で騒がしく、杏奈《あんな》は喧噪《けんそう》にかき消されないようにいつもより大きな声で話しかけてきた。久しぶりに会った杏奈は少し太ったように感じたけれど、もともと細すぎたくらいだったからいいバランスなのかもしれない。

十月末に行われる芸術祭は僕にとって三回目で、杏奈が遊びに来るのも今年で三回目だった。杏奈はいつもこの芸術祭を楽しんでくれるが、僕は人の多い場所が苦手なのでしんどかった。学校全体の浮ついた空気が、かえって気分を沈めていく。早く帰りたいけれど今日はデートも兼ねているので、彼女を無下に扱うわけにもいかず、僕はそういった態度を顔に出さないよう心がけていた。

杏奈が気に入りそうなイベントを巡り、次に各専攻の展示作品を見て回った。途中で友人たちとすれ違うと、杏奈は「初めまして」や「お久しぶりです」などと笑顔で挨拶《あいさつ》し、日頃は態度の悪い彼らもその度に丁寧に挨拶を返した。考えてみれば杏奈が僕の友達に嫌われたことは一度もなかった。杏奈は人との距離感を摑むのが上手《うま》い。それは僕としてはとても楽なことだった。

杏奈が特に気に入った展示は畳一枚ほどのキャンバスに描かれた油彩画で、一見国《くに》芳《よし》を模したような武者絵だが、そこに描かれている武士はガスマスクを装着していたり、切りつけられているのはアフリカゾウであったりと社会風刺の色合いが強いものだった。杏奈は制作者の名前を見て「私と同じ橋本《はしもと》だぁ」と呟《つぶや》いた。

「同じ名字でも同世代でこんな凄《すご》い人がいるなんて。あーあ、なんかテンション下がっちゃった」

カリカチュアライズされた人物のユーモア、圧倒的な筆致と緻密《ちみつ》さ、テーマと親和性のとれたタッチには目を奪われた。ただどことなくもの足りない。途中でさじを投げてしまったように思えて仕方なく、もう少し描き込めばより凄みが増すのに、というのが僕の感想だった。

最後に僕の作品を見に行くと、展示室には誰もいなかった。僕は椅子に座り、杏奈は僕のグラフィック作品に近づいてまじまじとそれを見つめた。

「いっちゃんの作品らしいね」

僕は何も答えず、彼女の感想を聞いていた。杏奈は優しい感想を立て続けに言ったが、その様子から僕の作品を好きではないのは明らかだった。それでも僕が苛立《いらだ》ったりしないのは、自分でも良作ではないと気づいているからだ。

彼女の話が一通り終わったところで「今日はうちに泊まるの？」と尋ねた。

「両親がうちに遊びに来るから帰らなくちゃいけないの」

「そっか」

彼女は辺りを見回し、人がいないことを確認してから僕に近づきキスをした。「ごめんね」と言ってまたそっとキスをした。「いいよ」と返すと、さらにキスをする。彼女の舌は次第に僕の舌に絡み付き、呼吸は少しずつ荒くなっていった。突然彼女は身体を離し、艶《あで》やかな目で僕を見つめた。彼女の欲求に応《こた》えるべく、僕らは近くにある多目的トイレに入った。

彼女が積極的に求めるので、僕はされるがままだった。声を押し殺し、身体を交える。久しぶりの彼女はやはり太ったのか以前よりも柔らかかった。

事を終えると、「これで許して」と彼女は僕に微笑んだ。

「時間は平気なの？」

「そろそろ行かなくちゃ」

彼女は乱れた髪と化粧を整え、「じゃあ先に出るね」とドアを開けて去っていった。僕は便器に座ったままぼんやりとしていた。ふとシャツの裾《すそ》を見ると杏奈の体液が付着していて、その染みを水で洗い流すと服は思いのほかびしょびしょになってしまった。それを絞っているうちになんだかもうどうでもよくなって、学校を後にすることにした。

校門を出ると家へと続く道は夕焼けでやたら紅《あか》く染まっていて、それにもなんだか嫌気がさした。帰ってもやることなどないので、気まぐれに反対方向へ足を向ける。時折銀杏《ぎんなん》の臭気を含んだ風がどこからか流れてくる。その度に鼻を押さえながら、僕はとにかく歩いた。

時間を忘れるほどひたすら歩き、何度か角を曲がって、坂を上ると遠くに川が見えた。名前は聞いたことがあるけれど、来たことはなかった。川に近づくにつれて、銀杏の臭いに川の臭いが混じっていく。土手に出て川を見下ろすと、昨日雨が降ったせいか流れは想像以上に速く、濁っていた。それでも川と空が織りなす自然のコントラストは絶妙で、沈んでいた気分はいくらか和らいだ。

鉄道橋の奥に大きな銀杏《いちょう》の木があった。なるほど、原因はこれだったか。そこまで行くとまた臭うだろうからと、僕は橋の手前で土手を川の方へ下りることにした。短く生えた草を踏むと湿った感触が足の裏から伝わってくる。

下りきると、向こう岸で親子がキャッチボールしている姿が目に入った。僕は座って、その様子をぼーっと眺めた。

親子の後ろで、太陽がビルの奥に沈んでいく。子供のはしゃぐ声を川の上を往来する電車がかき消した。その度に震動が身体に伝わる。そのリズムは心地よく、僕は草の水分がお尻《しり》に染みるのも気にせず、やがて眠ってしまった。

寒さで起きると、向こう岸のビルにある窓の明かりはほとんど消えていた。携帯を取り出して時間を確認すると、時刻は午前二時で、八時間近くも眠っていたのかと驚いた。おかげで寝起きにもかかわらず僕の頭は冴《さ》え渡っていた。

だからか、僕は暗闇の中でも近くに人がいると認識できた。静かに身体を起こし、辺りに目を凝らす。

左の方からシューとかカラカラという音がする。思わず緊張し、全身が一気にこわばった。音は橋脚付近から聞こえた。次第に目が夜に馴染んでいくと、夕方に見たそれとは全く別物の橋脚が姿を現した。味気ない灰色のコンクリートは哺乳瓶《ほにゅう》を咥《くわ》えている赤ん坊のグラフィティに変わり、その隣にはBetter than mom's milk! Such a nice river!!（ママのミルクより美味《おい》しいよ！　なんて素敵な川なんだ!!）という文字が立体的に浮かんでいた。赤ん坊の顔はリアルで、肌色の濃淡が上手く描かれている。一方で文字の方はピンクやグリーンなどがダイナミックに使われていた。とにかく暗い中でも認識できるほど、鮮やかなグラフィティだった。

パーカーのフードを被《かぶ》った一人の男が、カラースプレーでそれを完成させていく。シューやカラカラという音の正体はこのスプレーだった。ためらいなく描いていく様子から、彼があらかじめ計画していたのは間違いなかった。僕は素直に感心し、大胆さと繊細さ、そして皮肉が混在したそのグラフィティに見入った。

突如、耳慣れた携帯の着信音があたりに響いた。慌てて音を消したがすでに遅かった。

振り返った彼はフードの下にキャップを被り、口元をバンダナで覆っていた。その隙間から覗《のぞ》く瞳《ひとみ》は、僕をしっかりと捉えた。

彼は持っていたスプレー缶を投げ捨て、銀杏の木の方に向かって走り出した。僕の身体は無意識に動いていた。走りながら何度か止まるよう声をかけたが、彼は少しも足を緩めなかった。

それでも必死に追いかけ、僕はどうにか彼の手首を摑まえた。

「誰にも言わないからさ、続き描きなよ」

息を切らしながらそう言うと、彼は眉間《みけん》に皺《しわ》を寄せて僕の目をじっと見つめ、数十秒の沈黙の後、「本当に?」と声を発した。僕ははっきりと「本当だよ」と言い返した。すると相手はおもむろに口元を覆っていたバンダナを外した。その素顔を見て思わず摑んでいた腕を放してしまった。

彼女を見て——腕に触れて彼ではなく彼女だと知った時もびっくりしたけれど——僕は衝撃を受けた。街灯の光で照らされた顔は、居酒屋で見たあの時と同じように幼く、透き通るほどに薄かった。

彼女も僕のことを覚えているようだった。けれど互いにそのことを確認しようとはしなかった。

僕が橋脚の方を一瞥《いちべつ》すると彼女は小さく頷《うなず》き、二人でゆっくりと土手を下りて元の場所に戻った。そして彼女はグラフィティの続きを描いていき、僕は彼女の少し後ろに腰を下ろした。彼女を男性だと思い込んだのは、こういったグラフィティアートをするのは男だろうという僕の勝手な先入観によるものだった。けれど女性だったと知って彼女の動きや描かれていくものをあらためて見ていると、女性的でしなやかな部分も多々あった。

高さのある部分には脚立を使い手際よく壁にカラースプレーを吹きかけていく。時折パーカーの袖《そで》を捲《まく》り、あの時と同じように腕にも吹きかけ、馴染ませた。

自分の右手に目をやると指や掌《てのひら》に色が付いていた。先ほど彼女の腕を摑んだ時に付着したものだろう。何色もが混ざったその色は、闇夜では限りなく黒に近かった。

数十分後、彼女は完成したグラフィティを数秒ほど眺め、すぐに道具を片付け始めた。余韻に浸ったり写真を撮ったりする気など毛頭ないようだった。途中、座ったままじっとしている僕に、彼女は缶ビールを差し出した。

「ありがとう」とそれを受け取ってプルタブを開けると、ビールが勢い良く噴き出した。慌てる僕を見て彼女はくすりと笑った。その表情からは先ほどまであった覇気は感じられず、まるで別人になったみたいだった。

一通り片付けを終え、彼女も僕の隣に座ってビールを飲み始めた。気まずさと安らぎの混じった歪《いびつ》な空気に居心地の悪さを感じる。けれどそう思っていたのは僕だけのようで、「あの人たち大丈夫だった？」と彼女が話しかけてきた。

「あ、大したことなかったよ。顔洗ったらなんともなかったみたい」

黒い髪をゴムで結びながら「私、あーゆう人苦手なの、ごめんね」と彼女が申し訳なさそうに言ったので「いいよ、俺もあーゆうの苦手だし」と話を合わせた。

「こういうこと、よくやってるの？」

「公園とかで小さいのはやったことあるけど」

彼女は壁の方を向き、「ここまで大きいのは初めて」と嚙《か》みしめるように言った。

「君、名前なんていうの？」と尋ねられたので、「市村文登《ふみと》」と名乗ると、彼女は大きな瞳をさらに丸くした。

彼女は僕のグラフィックを見ていたらしく、展示作品の中でも特に印象的だったそうだ。彼女の感想は杏奈とは全く反対で、一見計算しつくされた構図に思えるものの実際は微妙に崩れていて、それこそが作品の本質とリンクしている、という僕の意図を理解したものだった。調子に乗って作品の説明をしかけたが、残念ながら上手くいっていない部分もある、と最後に言われ、僕はすっかり言い返すことができなくなってしまった。

会話が終わりそうだったので、僕も「君の名前は？」と聞き返した。

「橋本美優」

彼女は杏奈が勝手に敗北したあの橋本だった。言われてみれば、グラフィティと展示作品は異なるジャンルではあるものの、制作者の癖やタッチは多少共通しているようにも思えた。

偶然の重なりは僕らのムードを一気に和やかにさせた。少し会話を続けていると、見回りの警官が自転車で土手の向こうからこっちにやってくるのが見えた。僕らは息をひそめながら高架下に身を隠し、通り過ぎたのを確認してからそこを離れた。

彼女は荷物を二つの車輪が付いたキャリーカートに積み、脚立を担ごうとしたので、僕は「手伝うよ」とそれを受け取った。

二人並んで土手を歩く。彼女のペースは相当遅かったが、僕はそれに合わせる。少し進んだところで、カートの車輪が湿った土に沈んで上手く機能していないことに気づいた。脚立よりカートを持ってあげるべきだったと反省したが、それでも彼女は一生懸命自分の道具を運んでいたので、僕は声をかけるのをやめてしまった。

「家、近いの？」

カートの一番下のケースに入ったいくつものスプレー缶がひしめき合い、キンキンと鳴っている。

「いや、よく分かんないんだ。というより、ここがどこだか分からない」

彼女は「なにそれ」と僕を見ずに言った。

「帰りたくなくて歩いてたら、ここに着いたんだ。で、寝ちゃってた」

静かになる度に涼しげな虫の音がそこかしこから聞こえる。

「君の家は近いの?」

「私の家はすぐそこだよ」

先ほどまで冷えていた体温はいつのまにか上昇していて、額から汗が滲《にじ》むのが分かった。

「くる?」

彼女の警戒心の無い軽い声に僕はつい「うん」と答えてしまっていた。いや、本当はどこかでそう声を掛けてくれるのを僕は期待していた。

彼女はボロいアパートの一階に二部屋借りているそうで、ひとつはベッドルームとして、もうひとつはアトリエとして利用しているということだった。人気は全くなく、どうやら住人は彼女だけらしい。案内されたのはアトリエの方で、部屋に入ると壁一面に掛けられた大量のキャンバスが目に映った。イエロー一色で描かれたくじら、紫から水色にグラデーションしていくバッタと蜘蛛《くも》、墨だけで描かれた孔雀《くじやく》、サイケデリックな極彩色の妖怪《ようかい》と、文字通り多彩で、ビニールの敷かれた床にはペンキなどのカラフルな塗料が飛び散っている。まるで万華鏡の中に迷い込んだような気分だった。

僕は脚立を置いてひとつひとつの作品を見た。壁に描いたグラフィティ同様、繊細な筆付きは一貫していた。気になるのは、これほどの数のキャンバスがあるにもかかわらず、全て描きかけということだった。

「描いてる途中で違うものを描きたくなっちゃう」

ヤカンを火にかける音と彼女の声が重なった。

「描き上げるのって難しいもんね」

「その辺にある絵はなんかもう飽きちゃって。明日にでも全部捨てて一から描き直すつもり」

「そうすれば？」とは言えなかった。

「本当に捨てるの？」

彼女が首を縦に振ったので僕は衝動的に転がっていた黒と青のチューブを拾い、アクリル絵具を手の甲に出した。そして人差し指を筆にし、二色を混ぜて彼女の作品の続きを勝手に描き始めた。キャンバスに描かれていたデッサンは顔の半分が骸骨《がいこつ》になった人物画で、肉のある側には色が付いていたが骸骨の方はまだ手つかずだった。僕は骸骨の輪郭をなぞり、緩急をつけて指を滑らせていった。出来上がっていく骸骨は荒々しく豪快で、僕の思い描いていた作品の風合いとぴたりと一致した。

少し離れてバランスを見ようと後ろにさがると、肩が彼女にぶつかった。

「あ、ごめん」

彼女は僕の後ろで一部始終を見ていた。描き上がった骸骨の部分は彼女なら選ばないだろう無骨なタッチで、対照的な二つのテイストがキャンバスの上で交じり合っている。

「君って面白いね」

彼女は笑って、自分の腕をオレンジのスプレーで染めた。

「絵、どうかな」

「いいと思うよ」

テーブルに置いてあった二つのティーカップのまだ減っていない方に手を伸ばす。淹《い》れられたハーブティーはすっかり冷めていて、僕は長い時間夢中になっていたのだとようやく気づいた。

窓から入る青白い朝日が彼女の頬を照らす。僕は彼女に近づいて染められたばかりの腕に触れ、視線を合わせ、彼女の唇に自分の唇を当てた。彼女の戸惑いが唇から伝わる。けれどそっと瞼《まぶた》を閉じたので、僕は彼女の唇を少しだけ強く吸った。舌を絡ませ、僕は彼女をビニールの敷かれた床に優しく倒した。頬に触れ、首に触れ、乳房に触れていくにつれて、互いの身体が熱を帯びていく。黒い服を脱がせ、肌の美しさに目を奪われながらも、僕は本能のまま必死に彼女を求めた。彼女は何も抵抗しなかった。自分の身体が自分自身のものではないような感覚に落ちていく。彼女から漏れる声とビニールが擦れる音。塗料の匂い。それらに塗れながら僕らは深く抱き合い、ついに僕は果てた。キャンバスの隙間から零《こぼ》れた朝の日差しが僕らを覆う。彼女の腹部をティッシュで拭《ふ》きながら裸を眺めると、肌のいたるところが僕の手に付いていた黒と青の絵具と彼女のスプレーの塗料で汚れていた。そして僕もまた塗料で汚れているようだった。

僕らは仮眠用のブランケットに包まれながら、汗で濡《ぬ》れたビニールの上で眠ってしまった。起きるとすでに昼過ぎで、彼女はいなかった。部屋を見回すと、昨晩はなかった十一桁《けた》の数字だけが横一列に描かれた作品があった。僕は彼女の電話番号を登録しようと脱いだデニムのポケットから携帯を取り出した。画面を見て昨日の着信は杏奈からだったと知る。

僕は橋本美優の名前と番号を登録し、彼女の描いた十一桁の下に自分の十一桁を描き足した。

次に会ったのはそれからちょうど一週間後だった。連絡は僕からではなく、彼女からだった。何度も自分から電話をしようとしたが、どうしてもあの夜の出来事が自分の妄想だったようにしか思えず、躊躇《ちゅうちょ》していた。それでもずっと彼女のことばかりが僕の頭を去来していた。

　初めてかかってきた電話は、今晩また壁に絵を描きに行くので手伝って欲しいという内容だった。僕は家に誘われた時と同じように、この時も「うん」と何も考えず答える。後になって友人たちと芸術祭の打ち上げを約束していたのを思い出し、「体調が悪いから今日の飲みは行けなくなった」とメールをした。爪の隙間には黒と青の絵具がまだ残っていた。

　彼女の家に行く前にあの橋脚に寄ってみた。もう消されているかもしれないと思ったけれど、彼女のグラフィティはちゃんとそこにあった。

　指定された午後八時に着くよう彼女の家に向かった。たった一週間なのにだいぶ道を忘れていて――一度しか来ていないということもあるけれど――迷いながら路地を歩いていく。チャイムを鳴らすと、「いらっしゃい」と彼女が笑顔で迎え入れてくれたので僕は安心した。自分から連絡しなかった後ろめたさがあったので、もし咎《とが》められたらどう言い訳すべきか一日中考えていた。しかし、彼女は幼なじみと会うような態度で僕に接してくれた。

「ごめん、今描いてる途中だから、ちょっと待ってて」

　この日の彼女の腕は海のような深い青だった。

アトリエに入ると未完成のキャンバスは捨てられていなかった。二十二桁の作品もまだあった。けれど彼女はまた新たな作品に取りかかっていた。

グラフィティを描きに行くのは午前二時くらいなのに六時間も前に僕を呼びつけたのは、やはり続きを描いて欲しいということなのだろう。未完成の作品のどれから手を付けようか吟味していった。五、六枚の中で僕が選んだのは、二十二桁のあの作品だった。

僕らはヴィヴィッドな色彩に囲まれながら黙々と絵を描いた。僕はひとつひとつの数字を動物に見立てて描き足していき、彼女はなにやらプラスチックの薄い板をカッターで切り抜き始めていた。

やがて時刻は午前二時を過ぎ、僕らはアトリエを出て、あの日と同じ川の橋脚を目指した。道中、今日は何を描くつもりなのか尋ねると、彼女はデザインの下絵を見せてくれた。今問題になっている川に違法放流された外来魚をモチーフに、巨大化した外来魚が人を襲うグラフィティにするようだった。

「どこなら描ける?」

「どこでも描けるよ」

すると彼女は下絵の数カ所を指差し、「ここ、ワインレッドで」と僕に指示を出した。

橋脚に着くなり僕らは急いで準備をし、範囲や構図などを打ち合わせてからグラフィティに取りかかった。彼女が先ほど切り抜いていたプラスチックはステンシルと呼ばれる型紙で、その上から勢い良くスプレーを吹き付けていった。僕は彼女が描く部分と重ならないように高いところから背景を赤く染めていく。

二人で取りかかったからか、この間よりも時間は相当短縮され、三十分ほどで完成した。ブラックバスやアロワナ、ワニのような口をした魚たちが人を飲み込んだり、嚙み切ったりしているそのおぞましいグラフィティは圧巻の出来で、いささかのユーモアも感じられた。深い赤と重い緑の対比もいいバランスだった。

僕は満足だったが、彼女は「これからも続けていくならもっと短い時間でやらないと危ないかも。理想は十五分以内」と、よりスピードを求めていた。

僕らはまたビールを飲みながらしばらくそのグラフィティを眺めていた。

「なんでこんなことしようと思ったの」

僕はずっと思っていた疑問を彼女にぶつけてみた。その理由はとても納得のいくものだった。

「私、作品を仕上げるのが苦手だから、どうにか描き上げる方法はないかと思って。グラフィティだったら、短時間で仕上げなきゃいけないし、緊張感もあるから描き上げられるんじゃないかって」

名案だと思った。

「もうひとつ質問していいかな」

「なに？」

「それ」

僕は彼女の腕を指差し、それから腕にスプレーをかけるジェスチャーをした。

「あー。これはね、んー、なんか落ち着くの」

これにはピンと来なかった。

「逆に色が付いてないと気分が変になっちゃう」

「よく分かんないよ」

「だってそうなんだもん」

そう言うと何か閃《ひらめ》いたのか、彼女は突然立ち上がって橋脚の方に走っていった。グラフィティの真下から手招きするので、僕も立ち上がって彼女のもとへと駆けていった。

「手、ついてみて」

僕は言われるがままグラフィティの端の部分に右手をついて「何なの？」と彼女に聞くと、彼女は突然僕の手にコバルトブルーのスプレーを吹きかけた。

僕は一驚し、壁から手を離した。僕の手は青く染まり、壁には僕の手形が付いていた。

「ね、気持ちいいでしょ？」

彼女は悪戯《いたずら》な笑みを浮かべ、舌を出した。

「せっかくのグラフィティが台無しだよ」

バランスの取れたグラフィティの端に不格好な手形が付いてしまい、僕はどうやってこれを誤魔化すべきか瞬時に考え始めた。

「そんなことないよ、君のサインみたい」

「タギングかよ」

彼女は知らないようだったので、タギングというのはグラフィティアートでグループ名とかシンボルをアピールする方法で、もともとはギャングたちが縄張りを主張するためにやっていたものだと説明した。

「へー」と彼女が壁を向いた隙に僕はスプレー缶を奪い、彼女の手を掴んだ。そして僕の手形の隣に彼女の左手を置き、同じように手形を取った。

「だってこれは君の作品だよ？」

僕もまた彼女のように悪戯に笑い、舌を出した。

二つ並んだ手形は子供っぽくて、グラフィティとはアンバランスだった。けれどこれで僕ら二人が描いたという証《あかし》が生まれた。僕らの手は同じコバルトブルーに染まっていた。

それから僕はほぼ毎日美優の家に行くようになった。彼女の未完成の作品を手伝い、その都度セックスをした。次第に学校をサボって昼間から彼女の家に行く日も増えていった。そんな日は彼女も学校をサボって新たな作品を作り始め、僕らは二人でひとつの作品を仕上げるようになった。週に一度、新たな橋脚に行ってグラフィティを描き、毎回僕らの手形を付けた。冬休みに入る頃には彼女の家に居候しているような状態になり、杏奈がこっちにやってくる時以外は家に帰ることはほとんどなくなった。

クリスマスイブは杏奈と過ごした。都心へ出て彼女の買い物に付き合い、イルミネーションを見てイタリアンを食べ、彼女の家に泊まった。彼女の裸体に触れると、また太ったような気がした。

翌朝、彼女は実家のある名古屋に帰省するということで僕はそのまま美優の家に向かった。ベッドルームとアトリエ、両方のチャイムを鳴らしたが彼女はいなかった。ポストのダイヤルロックを外して鍵《かぎ》を取り、アトリエで彼女を待つことにした。真っ新《さら》なキャンバスにサンタの絵を描いて遊んでいたが、それもすぐに出来上がってしまったので、ベッドルームに移動して暇をつぶすことにした。

美優のベッドルームは女性的というよりもシンプルで、木製の物が多かった。ただ、全ての家具や雑貨に彼女の塗料が付着していて、カラフルな指紋がいたるところにあった。本棚に並んだ小説にも同じく色が付いており、僕はその中でもより多く染まっている数冊を手に取った。いたるところに指紋が付いているせいでページによっては読みにくい箇所もある。それでもどうにか読んでいると「ただいま」と玄関から美優の声がした。

「おかえり」

彼女は自分のトートバッグと食材の入ったビニール袋を抱え、赤らんだ頬を僕に見せた。

「シャワー浴びてくるね」

寒かったのだろう、美優は荷物を置くやいなや浴室に行った。読み終えた短編を本棚に戻そうとすると、先ほどは気づかなかった一冊のノートが目に入った。薄くて色褪せたノートだった。それは色には染まっておらず、ところどころに黒鉛が掠《かす》れたような跡がある。僕はなんとなくそのノートを手に取った。開くと、鉛筆のみで描かれた数々の絵――落書きに近いようなものだった――が所狭しと描かれていた。どれもこれも線が甘く、何も考えずただ感情の赴くまま鉛筆を走らせた絵だった。その分発想が自由で、見ていてとても楽しかった。ページをめくっていると、挟まっていた一枚の写真がひらりと床に落ちた。

おそらく四、五歳の頃だろう。マジックを持った三つ編み姿の美優がこっちを見て無邪気に笑っている。しかし今とは違って、写真に写る美優の両腕には絵が描かれていた。スプレーではなく細やかなイラストで、黒マジックのみで描かれた線画だった。左腕より右腕のイラストの方が上手いのは彼女が左利きだからだろう。なにより驚いたのは、その腕の線画とノートのタッチが完全に同じだということだ。この絵を描くには幼すぎる。そんなはずはないと僕は目を疑った。しかしそれは間違いなく当時の美優が描いた絵だった。

僕はあまり長い時間その写真を眺めることができず、ページの間に戻してノートを本棚にしまった。

浴室からシャワーの音がする。

いつしか彼女が腕にスプレーをかけることを僕はなんとも思わなくなっていて、緊張すると爪を噛んでしまうみたいな、ただの癖として捉えていた。僕は彼女のバッグから三本のスプレーを取り出して、自分の背中に隠した。ちょっとした悪ふざけのつもりだったし、単純にどんな反応をするのか興味があった。

タオルを身体に巻いた美優が浴室から出てきた。いつもなら髪を乾かすよりも先にスプレーを腕に吹き付けるので、ここで美優はそれがなくなったことに気づくはずだ。想像していた通り美優はバッグを漁《あさ》り、中身を全て出してスプレーを捜した。

それから一度、「あれ、私のスプレーは？」と僕に尋ねた。

「知らないよ」

美優はふらふらと部屋を徘徊《はいかい》し、スプレー缶を捜し回った。初めは落ち着いていたけれど、徐々に「あれ、本当に知らない？」と不安げな表情を浮かべた。困る彼女を面白がりながらとぼけていると、美優の様子はどんどん深刻になっていく。そこまで大変なことでもないだろうと、僕は呑気《のんき》に携帯をいじったりして何も知らない演技を続けた。しかし彼女の呼吸はどんどん不安定になっていき、様子はただならぬものへと変容していった。心配になり、そろそろ正直に白状しようと思ったが、あまりにも取り乱しているので僕はなかなか言い出せなかった。そうこうしているうちに美優は部屋の真ん中で蹲《うずくま》り、顔を押さえて、泣き出した。

何にも染まっていない彼女の腕をちゃんと見たのは初めてだった。色を脱いだ彼女の腕は不思議なくらい人間味がなく、キャンバスとなんら変わりないように思えた。

彼女の泣き声はどんどん激しくなり、身体から沸き上がる蒸気が部屋中に溢《あふ》れていった。どうするべきか悩んだ僕は「アトリエからスプレー持ってきてあげようか？」と美優にそっと声をかけた。いい案だと思った。アトリエならたくさんのスプレーがあるし、僕の悪戯をうやむやにできるはずだった。

「ダメなの。今日はあの色じゃなきゃダメなの」

彼女の声は弱々しく震えていて、今にも壊れてしまいそうだった。

僕が隠した色はメタリックゴールドとパールグリーンとブライトレッドだった。僕は「ごめんね」とその三本を彼女に渡した。

僕を見上げた美優の瞳は酷《ひど》く充血していた。まるで動物園の猿がエサを奪うかのように僕からパールグリーンのスプレー缶を掴み取り、そして勢い良く腕に噴射した。他の二色も同じように噴射し、そしていつものように馴染ませた。

「ごめんね」

「どうしてこんなことしたの」

そこにいたのは僕の見たことのない美優だった。

「ちょっと……悪戯したくなったんだ」

濡れた髪から垂れる水滴と涙が、カーペットに染みていく。

「二度としないでね」

美優はそれしか言わなかった。どうして困るのか、どうして嫌なのかは話さず、僕も彼女の気迫に尋ねることができなかった。

後ろから抱きしめようとしたが美優の持つ狂気に圧倒されてしまい、僕は美優の腕にそっと触れることしかできなかった。彼女の染まった腕に触れると、僕の指にもメタリックゴールドとパールグリーンとブライトレッドの混じった色が付着する。自分の手に付いたその色を見て僕は少しだけ安心した。彼女の色が僕に付く度に、自分も彼女と同じだという気になれた。

それ以来、僕は今まで以上に美優を大事にしようと心がけた。結果、喧嘩するようなこともなく、平穏な日々が過ぎていった。

年を越すとすぐに後期試験があった。点数は散々で、僕は危うく留年するところだった。僕の一変した成績に「優等生もここまでか」と嫌みをかます人もいれば、真剣に心配してくれる人もいた。けれど僕は誰にも美優のことを言わなかった。もちろん杏奈にも。

その頃、橋脚に描いたグラフィティが学校中の話題になった。名付け親は分からないが、いつしか僕らは「HANDS」と呼ばれ、謎の覆面アーティスト集団として、ネットやテレビまでもが僕らの絵を取り上げた。けれど僕らは特にどうするわけでもなく、変わらず橋脚に絵を描き続けた。

そんな関係は至極つまらない会話によって、唐突に終わりを告げた。

二月の半ば、その日の美優の腕はウルトラマリンとチョコレートブラウンだった。いつもとは少し離れた橋脚にグラフィティを描きに行く予定だったが、記録的な積雪で外出が困難になり、夕刻には作品作りを投げ出して二人で休日を満喫することにした。僕は冷蔵庫の残り物で、以前杏奈に作り方を教えてもらったトマトと卵の中華炒《いた》めを作った。美優はあまり料理が得意ではなかったので、隣で感心しながら僕の手際を見ていた。二人でそれをつまみつつ、僕は焼酎《しょうちゅう》のお湯割りを、美優は梅酒を飲んだ。僕らはすっかり酔っぱらって、寒さを紛らわすようにいつもより激しく抱き合った。ベッドの上で美優の黒い髪を撫《な》でていると彼女は突然「私、ロンドンに行くことにしたの」と呟いた。

「学校辞めて、ロンドンで画家になる」

本棚にあった色褪せたノートが頭をよぎった。

「随分と急だね」

「もう学ぶこともないしね」

あまり驚かなかった。美優には日本より海外の方が向いていると思っていた。けれど突然の報告に、僕はまだ「いってらっしゃい」とは言えそうになかった。何か言葉を返さなければと逡巡《しゅんじゅん》していると、美優は閉じていた瞼を開き、少し体勢を整えてから僕の目をじっと見つめた。

「君は？　将来どうするの？」

僕は将来についてあまり考えてこなかった。考えることを忘れていたのではなく、意図的に避けていたように思う。

「きっとデザイン事務所に就職するんだと思う。それぐらいしか僕の人生の選択肢はないから」

咄嗟に口を衝《つ》いて出た言葉は、最も想像しやすい未来のひとつだった。

「そんなことないと思うよ。君はきっと何にだってなれるよ」

「無理だよ、ただの凡人だもん」

美優の顔があまりにも綺麗《きれい》なので僕はつい目を逸《そ》らしてしまった。

「一緒に来る？」

屋根の雪が滑り落ち、カシャリと音を立てる。

沈黙はまるで凍ってしまった滝のようだった。僕が言葉を選んでいるうちに美優は「なわけないよね」と付け足した。それでも僕が口を閉ざしたままじっとしていると、美優は寝息を立てて眠ってしまった。

今の会話を忘れたくて僕も眠ろうとしたけれど、眠れなかった。それどころか全身の血が脳に集まっているような感覚になる。僕はいてもたってもいられなくなって美優のベッドから下りた。裸のまま水を飲んだり、まだ残っていた酒を飲んだりして、うろうろする。少し頭を冷やそうと服を着てドアを開けた途端、冷気が入り込んできた。振り返ると美優はまだ寝ていた。そっと部屋を出て、雪の積もった道を歩いた。まだ誰の足跡も付いていない白い雪を踏みつけていく。本来ならもっと気持ちいいはずなのに、少しもすっきりしない。もの足りないので、どんどん踏んでいく。寒い。それでも足を止めず、ひたすら足跡を付けていった。

人一人いない夜を時々滑りそうになりながら彷徨《さまよ》い続け、結局辿《たど》り着いた場所は巨大な外来魚を描いたあの橋脚だった。

もし僕がさっき、たとえ嘘でも「行くよ」と答えていれば今後の人生は変わるのだろうか。きっと変わる。でも変えたいのか。変えたいのか変えたくないのか分からない。そもそも変わらない場合の人生も想像がつかない。デザイン事務所に入ってデザイナーになってそれなりにグラフィックとかやって。本当にそんな風になるのか。なりたいのか。分からない。分からない。

二つ並んだ手形に手を合わせる。ひとつの手形にはぴたりと重なるのに、もうひとつの手形は僕の手とは重ならない。

手の甲に彼女のウルトラマリンとチョコレートブラウンが付いている。それが繁殖した菌のように思えてきて、雪で手の甲を洗った。けれど色彩は水に溶けず、少しだけ剝《は》がれた塗料が白い雪の上に広がった。

その日から一週間、僕は酷い熱に浮かされた。杏奈に体調が悪いと伝えると、彼女はすぐに飛んできてつきっきりで看病してくれた。すでに春休みだったこともあって、杏奈は一週間泊まり込みで面倒を見てくれた。

ほとんど記憶のない一週間で僕がひとつだけ覚えているのは、杏奈のさりげない一言だった。

目を覚ました僕に、杏奈は嬉《うれ》しそうな笑顔でこう言った。

「いっちゃんのデザイン、なんか変わったね。とっても良くなった」

僕が寝ている間、杏奈は玄関に置きっぱなしにしていた僕の作品を見たのだろう。それらは全て美優のアトリエで作業したグラフィックだった。

僕は美優とは会わなくなった。杏奈は僕の体調が治ってからも家にいたし、ここまでやってくれた杏奈を置いて美優に会いに行くわけにはいかなかった。

それだけではない。正直怖かった。もう一度美優に会うと本当に何かががらりと変わってしまいそうだった。彼女からも連絡はなかった。

＊

久しぶりに袖を通したスーツは堅苦しくてしんどかった。来月以降は毎日これを着なければならないと思うと気は滅入るばかりで、僕は幾度となく溜《た》め息をついた。キャンパスのあちこちにある梅の花はもう随分と散っていて、禿《は》げたような木々が寂しげに並んでいる。

卒業式とはいってもただ教授らの祝辞を聞くばかりで、僕らは必要な手続きだけを済ませて早々にいつもの居酒屋に向かった。

どの卒業生も考えることは同じらしく、店内はほぼ満席だった。先に来ていた仲間たちと合流し、乾杯して、もう二度と来ることのないであろうこの店に別れを告げるため、酒と料理を楽しんだ。牛すじの煮込みを食べながらくだを巻く皆の会話を聞いていると、少しずつ感傷的になっていく。

この感覚は今だけしか味わえない貴重なものだ。もしまた集まることがあれば、あの時結構寂しかったよねとか、誰々がこんなことしてさとか、そんな風にして笑い合うはずだ。どんなに馬鹿馬鹿しい日々もいずれいい思い出に変わっていく。過去とはきっとそういうものだ。

気づけば九時を回り、卒業生で埋め尽くされた店内はごちゃごちゃになっていて、皆一様にいくつかのグループを行ったり来たりしながら席も関係なく飲んでいた。僕もだいぶ酔いが回って気持ち良くなっていた。空間を泳ぐような、たゆたうような心地よさに身を任せ、立ちながら仲間と会話をしていると、ふと壁に貼られた一枚のハガキに目が留まる。

白地にホームページのＵＲＬのみが描かれているシンプルなハガキだった。ＵＲＬ

にはmiyuhashimotoというアルファベットが含まれている。その筆跡は、かつてキャンバスに描かれた電話番号と同じだった。

急激に酔いが醒《さ》めていくのを感じ、僕はコップの日本酒を一気飲みした。けれど酔うことができず、気分だけがどんどん悪くなっていく。

盛り上がる友人たちをよそに店を出た。外で煙草を吸いながら、やめておけばいいのに携帯で彼女のホームページを開いてしまった。まだ開設されたばかりらしいホームページのトップ画面にはイラストを描く彼女の写真が載っていて、真剣にキャンバスに向かう横顔は僕が知る彼女よりも格段に大人っぽかった。WORKSという表示をタップすると彼女の作品が羅列され、それらひとつひとつを見るたびにまた気分が悪くなっていった。僕と一緒に作った作品もHANDSとしての作品もそこにはなく、初めて見る作品の数々は彼女自身が一人で仕上げたであろうものだった。

脳裏に美優と過ごした日々がフラッシュバックする。何か別のことを考えようとしてもできない。

けれど、さっき仲間に感じた寂しさのように、この動揺だっていつかはいい思い出になっていくはずだ。過去とはきっとそういうものだ。

それを自分自身に証明すべく、僕は店を後にして外来魚を描いたあの橋脚を目指した。

明日にはこの街を去る。今のうちにきちんと過去を整理しておくべきだと思った。しかし橋脚に僕らの作品はなかった。グラフィティは跡形もなく消され、ただの灰色のコンクリートが不躾《ぶしつけ》な態度で僕を睨《にら》んでいた。

二つの手形があった箇所に両手をついてみる。嫌な冷たさだけが掌からじんわりと伝わり、肺の奥がべっこりと凹《くぼ》んでいくような感覚になる。

そんなはずはない、と他の橋脚にも足を運ぶ。けれどどの場所も元通りに消されていて、僕らの痕跡《こんせき》はかけらもなかった。

もぬけの殻だと分かってはいたが、そのまま美優が住んでいたアパートに向かった。僕にはもうそうするしかなかった。

路地を曲がると懐かしいアパートが顔を出す。彼女が借りていた二部屋にはもう誰かが住んでいるかもしれないと思ったが、どちらもまだ空き部屋のようだった。アトリエのドアノブを回すと鍵は開いていて、暗い室内に外灯の光が伸びてゆく。

スイッチを押しても電気は点《つ》かなかったが、月の明かりで室内の様子は大体把握できた。部屋には何もなく、それなのに塗料の匂いはまだ残っていた。

僕はしばらくそこで立ち尽くしていた。今もはっきりとあの頃の景色が浮かぶ。彼女と描いたグラフィティの数々。冷めたハーブティー。ビニールの音。彼女の声。体温。肌。染み。

僕と美優はここで時間を共にした。誰にも邪魔されず、二人で触れ合い、抱き合っていた。

スーツのパンツを下ろし、下着を脱ぐ。がらんどうの室内に美優との生活を頭の中でトレースしながら自分を握りしめていると、身体の奥の腐り切った膿《う》みがわき上がる。熱く硬くなっていくのを感じる度に膿みが音を立てて弾《はじ》け、征服され、押しつぶされる。瞼を閉じて欲情のままに腕を振り続けた。いつまでも擦り続けた。なのにうまくいけない。快感を覚えているつもりなのに決して絶頂には届かない。

瞼の内側から染み出る涙が頰を伝い、幾粒かが陰部に垂れた。たまらず嗚咽《おえつ》し、燃えそうな身体から汗が噴き出る。声にならない声だった。それでも発さずにはいられなかった。

横になり、自分の手を見上げる。月に照らされたその手は、他の人と変わらない肌色だった。スプレーの色はすっかり消えていて、爪の隙間も綺麗だった。それは本来の自分自身の色だ。一見何にも染まっていない、真っ新な手。

けれど彼女と過ごした日々、僕の手は彼女と同じように、時にコバルトブルーに、時にパールグリーンに、いつも多種多様な色彩に染まっていた。確かに、美優の染まった手で僕の手は染められていた。

いや、違う。きっと今も染まっているはずだ。美優の染みは永遠に落ちることなく、薄くなってもずっと僕の中に残っているに違いない。そんな簡単に消えてしまうはずはないのだ。色褪せてもなお、彼女の色は刺青のように身体中に深く刻まれている。なあ、そうだろう美優。

なのにどうして見えないのだろう。あの日々の色彩はいったいどこに行ってしまったのだろう。

空っぽの室内から僕は杏奈に電話をかけた。コール音が繰り返される中、何度も切ろうと迷うけれど選択の余地はもうなかった。

「もしもし」

「僕だけど」

「分かるよ。卒業おめでとう」

「うん、ありがとう」

黙っていると、杏奈は僕の様子を察して「なんかあった？」と子供に話しかけるような声でそう言った。

「あのさ」

「うん」

「今から会えないかな」

その時にはもう塗料の匂いさえ感じなくなっていた。

Undress

壁に設置されたボタンのひとつを押すと、外光を遮断する会議室のカーテンが重たい腰をあげるかのようにゆっくりと開いていく。ほのかに漂う埃《ほこり》の臭いを大西《おおにし》はいつも不快に感じていたが、今日でそれともおさらばだと思うと途端に寂しくなった。

窓の端から朝日が徐々に射し込んでくる。大西は大きく深呼吸をした。吐いた息はどことなく溜《た》め息にも似ていた。一方で、大西を照らす太陽は彼の門出を祝福しているようだった。この上ない、まさに希望の朝。

感慨に浸りつつ部屋中を見回していると、奥のドアからそっと小金井《こがねい》が顔を覗《のぞ》かせた。

「最後の日くらい重役出勤でいいのに。大西さんはホント真面目なんだから」

初めの頃はスーツを着せられているような印象だったが、今では立派に着こなしている。それは小金井の教育担当としてとても喜ばしいことだった。

「最後だからちゃんとしたいんだ」

窓の側に寄ると、一段と眩《まぶ》しくなった朝日が無機質なビル群と緑の茂った公園を照らしていた。眼下には出社する人々の影がちらほら見える。

「お前こそ、なんでこんなに早いんだ」

「最後くらい大西さんの鼻を明かしてやろうと思ったんすけどね」

相変わらずの減らず口だが、小金井には小動物を思わせる独特の愛嬌《あいきょう》がある。

「何があってもいいように、いつもより一時間も早く出たよ」

脱サラ。すっかり死んでしまったような言葉だが、大西は幼い頃からこの響きが好きだった。サラリーマンを離れるのでも辞めるのでも諦めるのでもなく、脱ぐ。素晴らしく粋《いき》ではないか。

いつか最高の「脱サラ」がしたい。そう夢見て大西はこの広告代理店に入社し、営業部で十年以上もの間、誰よりも必死に勤めてきた。

最高の「脱」のために必要なものは何か。それは最高の「着」である。会社員としてノウハウとネットワークを構築し、満足のいく一大プロジェクトを成し遂げた今こそ、まさに「脱」の最高のタイミングといえた。

退職当日の朝は驚くほど暇で、普段ならメールを確認し、会議に向けてタスクを整理する時間もただ持て余すほかなかった。

営業部では月曜日に定例の会議が二つあった。十時からは部のメンバーのみで業務の進捗確認や情報共有を行う会議、十一時からはクリエイティブチームやキャスティングチームなど他部署との会議だ。普段通り会議は進んでいくが、いつもと違うのは場を仕切っているのが大西ではなく小金井であること、そして大西からの報告が何もないことだった。引き継ぎは全て完了していたため、大西は二つの会議を黙ってやり過ごした。

会議が終わる間際、小金井に「では大西さん、最後に挨拶《あいさつ》を」と促され、大西はようやく口を開いた。

「皆さんもご存じの通り、本日をもって退職することになりました。ここにいる素晴らしい仲間に支えられた日々はとても充実しており——」

話し終わり一礼すると会議室は拍手で包まれた。女性社員から花束をもらい、チームの皆と握手を交わしていると、今朝小金井が顔を覗かせたドアから筒井《つつい》社長が現れた。部屋中に緊張が走る。

「おつかれさま」

そう言って社長は大西の肩を叩《たた》いた。

「後ほど自分から伺おうと思っていたのですが」

大西は恐縮しながら頭を下げた。社長はそっと首を横に振り、大仏のような微笑みで「君には世話になったからね。これからも応援してるよ」と皺《しわ》の刻まれた手を差し出した。大西は高ぶる感情をどうにか抑え、社長の手を取って力強く挨拶をした。

会議後、大西は営業部全員の机を回って挨拶をし、事前に準備をしていたオーダーメイドの赤いボディのボールペンを配った。かねて大西は、部員全員に同じペンを使ってもらいたいと願っていた。そうすれば会議で連携の取れたいいチームだという印象を与えることができるし、それが会社のイメージカラーである赤であればなおさらだ。しかし書き心地が悪ければ皆長くは使ってくれないので、多少値は張るがオーダーメイドにしたほうがいいと判断した。辞めてから願いが叶《かな》うのは皮肉だが、これくらいの置き土産はしてやってもいいだろう。

ひとりひとりに「ありがとうございました」と声をかけていく。爽やかな笑顔を心がけていたが、若井《わかい》リサの前でだけ態度がよそよそしくなってしまい、彼女もまた表情がぎこちなかった。

人数分発注したボールペンは残念ながらひとつ余った。石田《いしだ》が去ってからもう五ヶ月経つが、窓際の机はまだ誰も座っていない。

午後の予定はクライアントへの挨拶回りでいっぱいだった。会社からそのまま向かうこともできたが、荷物や花束を持ったまま取引先に行く訳にもいかない。自宅と会社は徒歩圏内だが、タクシーを使って一度帰宅する。ランチをとる間もなく、再びクライアント先へと急いだ。

ほとんどの挨拶回りを終え、最後にお世話になった大手電機メーカー、アイシクルへと足を運んだ。アポは取っていないが、駄目もとで受付に向かう。

「何かご用ですか？」

受付の女性が可愛らしい笑みを投げかけてきた。

「丹頂社《たんちょうしゃ》の大西という者ですが――」

会社名を名乗った瞬間、女性の表情がさっと曇った。

「お取り次ぎしないよう申しつけられております。お引き取り下さい」

そう言われることは予想済みだった。食い下がって「私ごとですが今日で退社します。最後に改めてお詫《わ》びのご挨拶をさせていただきたいのです。どうか部長とほんの少しでも――」と矢継ぎ早に言葉を発するが、受付の女性は一切を無視し、やがて警備員が大西の元へと寄ってきた。まるでドラマのように大西は会社の外へとつまみ出された。

唯一の心残りを解消できないまま、送別会に指定されていた会社近くの居酒屋を目指して歩いていると、携帯が鳴った。着信画面には田中《たなか》アガベとある。

「もしもし」

「大西っち！　退職おめでと！」

相変わらず高くてうるさい声だった。

「なんで知ってんだ」

「なんでって、自分でフェイスブックに載っけてたじゃん！」

そういえば昨日お世話になった人に宛てて退職の報告を投稿していた。

アガベは大学のサークル仲間で、就職後のコネを作るために上昇志向の強い人間を集めたイベントを一緒に開催していた。企画、プロデュースは大西の担当で、営業、集客は持ち前のユーモアを活かしてアガベが担当した。アガベというあだ名はテキーラ好きからきている。卒業後はIT系のベンチャー企業、ワンダフルイマジン・ラボに就職し、業績を買われて今は大阪《おおさか》支社を任されていた。

「『十年で絶対脱サラする！』とか言ってたけど、本当にしたんだね。やっぱ違うね、有言実行の男は」

「まぁな」

「で、これからどーすんの？」

「しばらくはゆっくり休むよ。それからは今までのコネでコンサルやるか、若い奴らを集めて会社でも立ち上げようかなって感じ」

「大西っち、そんなノープランで会社辞めたのかよ」

「あはは。いくつか道は見えてるから平気だろ。とりあえず長い休暇を楽しむよ」

「そういや、今度大西っちのところの会社と仕事するんだよ」

「そうか、すれ違いだな。まぁ、俺が仕事を再開するときは個人的に力になってくれよ」

そう言って大西は電話を切った。

午後七時きっかりに居酒屋へ入り、店内を見回すと、奥に座っていた小金井が「先輩！　こっちこっち」と手招きした。靴を脱いで座敷に上がると三十人ほどの社員が揃っていた。これまで飲み会の誘いは大抵断っていたので、「俺も瓶ビール」と注文しただけで「大西さんお酒飲むんですね」と驚く者もいた。

「接待以外ではほとんど飲まないけどね。でも今日は特別だよ」

目の前に座っていた新入社員がビールを注いでくれたが泡だらけになってしまい、隣の小金井が笑いながら「何やってんだよ」と頭を叩《たた》くと場は一気に和んだ。

「かんぱーい」

同僚たちが次々に酒を注ぎにくる。その都度新しい仕事や、退職の理由を聞かれるので適当に答えていると、同じ部署の女性が「大西さんって彼女とかいないんですか？」と聞いてきた。

「いないよ」

「もしかして、大西さんってゲイですか？」

大西は思わずビールを噴き出し「なんでそうなるんだよ」と聞き返した。

「だって全然女性の影ないじゃないですか」

遠くからリサの視線を感じるものの、大西は彼女の質問に答え続けた。

「十年間、仕事に夢中だったからね」

「大西さんモテそうですよねー、どういう人がタイプなんですかー？」

隣にいた小金井が「俺も聞きたーい」と茶化すように言う。

リサを一瞥《いちべつ》すると、冷ややかな目をこちらに向けて小さく頬を膨らませている。場の流れとしては何か答えるべきだが仕方なく「君は？　どういう人がタイプなの？」と鸚鵡《おうむ》返しに尋ねた。

「私はー、結構年上の人が好きなんですー」

「どれくらい？」

「オーバーフィフティでも余裕でいけます」

二十代の彼女からは想像できない発言に、皆の注目が集まった。

「いわゆる枯れ専ってやつですね」

方々で驚きの声が漏れ、調子に乗った部長が「僕でもいける？」と言うと「んー、でも部長より営業事務の石田さんのほうがタイプです」とジョーク交じりに答えた。

その途端、場は急激に静まり、彼女はすぐに自分の失言に気づいた。青ざめた表情で取り繕ったが、時既に遅く、白けた空気はなかなか戻らなかった。酔いのせいか大西もフォローの言葉が浮かばず、俯《うつむ》くしかなかった。

飲み放題の時間が終わると、小金井に肩を抱かれ、「大西さんの送別会なんだから二軒目行かないとかありえないですよ」と強制的に次の店に連行された。残ったメンバーで小金井の行きつけだというバーに入り、グレンリヴェット十五年のストレートを注文する。それに口をつけたところで、携帯の画面に「つかれたので帰ります。今日は大西さんの家に泊まるね」というリサからのＬＩＮＥのメッセージが表示された。

それぞれが自由に盛り上がる中、大西は隣にいた後輩だけに話しかけた。

「小金井」

「なんすか」

「会社の犬になんか絶対になるなよ」

「またそれっすか」

「俺は長年丹頂社に勤めたが、この会社には微塵《みじん》も愛情を持っていない。仲間たちも特に愛していない。お前をのぞいてだ。だから特別に俺の信念を教えてやる。俺たちは会社に繋《つな》がれたペットじゃない。俺たちが会社を引っ張ってるんだ。会社が必要なくなったら辞めればいい」

「だからそれ何回も聞いてますから。でも俺もいつかそんなこと言ってみたいっす。小物の自分には到底ムリでしょうけど」

「お前が会社辞めたら、また一緒に仕事しよう」

「何でちょっと感傷的になってんすか。別に俺が辞めなくても仕事しましょうよ。なんか仕事振ってあげますよ」

「上から言ってんじゃねーよ」

「いってぇ！　だから叩くことないでしょ！」

解散になったのは午前二時半を過ぎた頃だった。後輩たちは始発を待とうとカラオケへ向かったが、大西の自宅は遠くなかったので重たい足を引きずりながらだらだらと帰路に就いた。

夜でもまだまだ残暑が厳しかったが、大西は上着を脱がずに十五分の道のりを歩いた。シャツに汗が滲《にじ》んでいく。近道をして公園の中を抜けてみる。今まで革靴が汚れるのを気にして通ろうとはしなかったが、もうその必要はない。

都心とは思えないほど公園は鬱蒼《うっそう》として、車の音ひとつ聞こえなかった。園内には訪れたことのない人でもその名を知っている有名な池があり、その向こうには十年間勤めたビルがそびえ立っていた。窓のいくつかにはまだ明かりが灯《とも》っている。

自宅に着き、彼女を起こさないようそっと寝室のドアを開けた。暗がりの中でスーツの上着を脱いだ瞬間、「大西さんモテそうですよねー、どういう人がタイプなんですかー？」とリサが声を発した。その口ぶりはあの女性社員にそっくりだった。

「起きてたのか」

「もちろんだよ。今日は大西さんの脱サラ記念日だもん」

ネクタイを解《ほど》いていると、彼女はベッドから下りて「おつかれ」とシャツのボタンに手をかけてきた。大西はその手を摑《つか》み、「今日は、自分で脱ぎたいんだ」とリサを制した。

服を脱ぎ捨てる度に、自分が剝《む》き出しになっていく。靴下も下着も脱いで全裸になると、今まで着ていたスーツは数十キロもあったのではないかと思うほど解放感があった。

積まれた服の山は、まさに自分が脱皮した後の抜け殻みたいだった。過去の自分が脱いだ外皮。いや、鎧《よろい》というべきか。

「どんな気分?」

「脱獄に成功した囚人のような気分だよ」

大西はわざとらしく不敵な笑みを浮かべ、リサをベッドに押し倒した。軽く抵抗する彼女にキスをし、部屋着を脱がせていく。恍惚《こうこつ》とただならぬ達成感が大西を支配する。喘《あえ》ぐその声は、雄叫《おたけ》びをあげる犬のようでもあった。

*

長時間寝てしまったのだろう、上下の瞼《まぶた》がくっついて開けにくい。隣に寝ていたはずのリサはすでに出社したようで、大西が携帯を見ると画面は11時13分を表示していた。もう少しでゾロ目だったのに、とリサの口癖が頭に浮かんだ。昨日までの自分なら気にもしなかったことを思うのは、唐突な環境変化の副産物か。八時間以上寝たのは小学生の時以来だろう。そのせいか身体がかちこちに固まってしまっている。ベッドの上で軽くストレッチをし、バスルームへと向かう。熱いシャワーを浴びていると、今日が日曜日のような気がしてならない。とはいえサラリーマン時代は土日も仕事、もしくは仕事の準備をしていたし、これほどのんびりした休日は一度もなかった。

リビングに行ってテレビを点《つ》けたが知らない番組ばかりで落ち着かず、すぐ消してしまった。コーヒーを飲みつつ、いつもは電車で読んでいた新聞をソファで一読する。昼過ぎになり、何か食べなければと思ったが、今自分が食べたいのは毎朝食べていたヨーグルトなどの軽食なのか、ランチで食べていたカツ丼やラーメンなどのしっかりとした食事なのか分からなかった。

片手で数えられるくらいのバリエーションしかない普段着のひとつに着替え、髪も整えず、髭《ひげ》も剃《そ》らずに財布、鍵《かぎ》、携帯だけを持って玄関を出た。コンビニで缶ビール三本とサンドウィッチを買うと886円で、またもリサの口癖が浮かぶ。

近所の公園に入ると池独特の臭いに少し気分が悪くなったが、歩いているうちに嗅覚が麻痺して楽になっていく。木々に揉《も》まれた風、揺らめく木漏れ日、池で羽を休める鴨。昨日まで非日常だった空間はいつの間にか大西を癒していた。

池に浮かぶスワンボートを眺めながら、ベンチでビールを飲んでいると、隣から「おー」「ばー」という不気味なうめき声が聞こえた。まるで猿ぐつわでもはめたまま話しているかのような声だった。声の主は七十を過ぎたくらいと思われる老人で、ひとり空に向かって不思議な声を発していた。初めは何を言っているのか理解できなかったが、聞いているうちに「鬼婆《おにばば》」と言っているような気がして、大西は「奥様の悪口ですか」と冗談交じりに優しく話しかけた。けれど老人は耳を傾けることなく「鬼婆」を連呼し、それに合わせて何度か腕を振っていた。

食事を済ませ、ビールを二本飲み干したところでボートに乗りたくなり、桟橋脇の発券機でチケットを買った。スワンボートに男一人でというわけにもいかないので、手漕《てこ》ぎのボートを選択する。

オールを上手に扱えず何度か他のボートとぶつかりそうになったが、どうにか池の中央辺りまで辿《たど》り着いた。手を止め、男女のはしゃぐ声をBGMに、舳先《へさき》に頭を向けて横になる。落ち着く姿勢を探していると、ボートの端に一冊の週刊誌が落ちているのを見つけた。手にとってぱらぱらとめくるうちに「出世できない男」という企画ページで手が止まった。こういう特集に出くわすと必ず石田の顔が頭をよぎる。白髪交じりでシミが多い、幸の薄い顔。

ページには「出世できない男」を見分けるチェックポイントが十項目あり、石田はその過半数に該当していた。やはり石田の左遷は当然であり、自然淘汰《とうた》なのだ。大西はそう思い込むことによって罪悪感を押し殺した。

自責の念を振り切るように雑誌を池に捨てると、父親から携帯に着信があった。

「もしもし」

「おぉ勝彦《かつひこ》、おめぇほんとに会社やめちまっただか」

年老いた父の声は相変わらず錆《さ》びたホルンみたいで、耳障りだった。

「ああ」

「仕事あんのけぇ?」

「大丈夫だよ」

「そろそろ嫁さもらって孫の顔みせれ」

「用がないなら切るぞ」

田舎の人間には、東京《とうきょう》で働く人間の考えなど毛頭理解できないのだろう。しかしある意味父には感謝している。父がいなければ、自分のこの野心は決して生まれなかった。

父は惨めな男だった。地元の零細企業で休むことなく働き、その割に稼ぎは少なく、あげく会社も五十歳になる頃に倒産し、退職金をもらうことのないまま父は仕事を失った。当時中学を卒業したばかりだった大西は、そんな父を傍《そば》で見続け、将来父のような人間にだけはならないと固く決意した。

高校から猛勉強を始めた大西は奨学金を得て国立大学を卒業し、華々しく広告代理店の道を進んできたのだ。

そしてついに会社を辞した。父みたいに会社に振り回される人生を送らないために。ようやく脱サラが実現した今、これからはジオラマを作るように少しずつ自分の世界を構築していく。新たな未来に大西の胸は躍るばかりだった。

あれほど眠ったにもかかわらず、大西はボートの上で再び寝てしまった。昼寝から目が醒《さ》め、最後に池を一回りしてから桟橋に戻ることにした。途中、残っていた缶ビールに口をつけたが、温《ぬる》くて飲めたものではなかった。

ベンチに目をやると、まだあの老人が座っていて、先ほどと同じように腕を振り回している。軽く手を振ったが反応はなかった。するとおそらく娘なのだろう、女性が老人の元に駆け寄り、あたかも手を焼いているといった雰囲気で肩を支え、連れて行った。

大西は池を跨《また》ぐ小さな橋へと向かった。途中、欄干にもたれかかっている筒井社長を発見した。池の鯉に餌をあげている。

一度目が合ったはずだが、いつもと違う姿だからか大西だとは気づかない様子で、水面に餌を落とし続けていた。

平日なのに休みを満喫している背徳感から、大西はつい身を屈《かが》めてしまった。何もしていないのに警官を意識してしまうのと似ているかもしれない。ばれないよう木陰にボートを寄せ、時間が経つのを待った。ぼんやり辺りを眺めていると、木の枝に引っかかった黄色いストールが目に入った。無視してもよかったが、大西はその柄に見覚えがあったので、社長がいなくなったのを確認し、近くまで行った。ボートの上に立ち、足元がぐらつくのに耐えながら手を伸ばしてストールを摑む。端を見るとやはりRの刺繡《ししゅう》があった。コンビニの袋にそれを入れて桟橋へと戻る。岸に着くと既に黄昏《たそがれ》時で、チケットの二倍の延長料金を取られてしまった。

園内に設置された水道で手を洗っていると、「大西さん？」という聞き慣れた声がする。

振り返ると、小金井が歯の隙間から煙草の煙を漏らしていた。

「たった一日で別人ですね。ホームレスかと思いましたよ。あっ、でも無職という点では一緒か！」

皮肉たっぷりのジョークも小金井が言うと清々《すがすが》しく感じられた。

「最初の休日くらい自堕落に過ごしてみるのもいいかなと思ってな。お前こそ俺がいなくなった初日にさぼってるのか？」

小金井は「打ち合わせ、飛んだんですよ。たまにはいいじゃないですか」とばつが悪そうに言った後、「それなんすか？」と大西の持っていたビニール袋を指差した。

「ストールなんだけど……さっき拾ったんだ。若井さんがいつもつけているものと似ていたから、もしかしたらと思ってね」

「じゃあ僕が渡しておきますよ」

小金井はそう言って手を差し出したが、「大丈夫。俺が渡すよ」と断った。

この後も特に予定はなかったので飯に誘おうと思ったが、夕食にはまだ早かったので昨夜行った小金井の行きつけのバーに二人で足を運んだ。店員は注文を覚えていたらしく「グレンリヴェットにしますか？」と聞かれたが、まずはジントニックを注文する。

「若井さんと付き合ってるんすか？」

小金井の見透かしたような瞳《ひとみ》は初めて見るものだった。

「どうして？」

「だって、ストール自分で渡すってことはまた会うってことじゃないですか」

不覚だった。普段なら絶対にしないようなミスをしてしまうのは、気が緩んでいる証拠だ。

「内緒にしといてくれ」

「なんで隠すんすか？　もう同僚じゃないんだし、別にいいじゃないですか」

「二人で決めたことなんだ」

　実際、関係を秘密にしていようと提案してきたのはリサだった。付き合い始めた当初に「本当は隠したくないけど、プロジェクトリーダーとしてやってきた大西さんに、自分と付き合ったからって迷惑をかけたくない。それに大西さんに好意を持っている人はたくさんいるし、やっかまれるのもいや」と言われていた。

　大西もその考えに同意した。リサはよく言えば天真爛漫《らんまん》だが、悪く言えば幼稚だ。見た目も中身も子供っぽく、同性に好まれない浅薄さがある。大西はそこそがチャームポイントだと思っているが、仕事では別だ。築き上げてきた信用を守るにはリサとの関係を隠しておく方がベターだった。

　小金井は自分のクバリブレに口をつけ、「女ってよくわかんないっすねー」と間抜けな顔でぼやいた。

「でもそしたら大西さん、浮気したい放題じゃないっすか」

「ばか。しないよ。時間の無駄」

「やっぱ真面目だなー。大西さん以外みんな浮気してますよ」

　物事を誇張して話すのは小金井の癖だった。

　数杯飲んだ後、「腹が空《す》いた」と小金井が言うので、バーを出て何か食べに行くことにした。会計時、「無職なんだから僕が払いますよ」と小金井はまた皮肉を言ったが、退職しても先輩には変わらないと、大西は無理やり支払いをした。金額は2224円だった。

二駅ほど先のイタリアンレストランに予約の電話を入れてタクシーを待っていると、小金井が不審げに「どうしたんすか？」と尋ねてきた。

「さっきからにやにやして気持ち悪いっすよ」

時計、コンビニ、バーの代金。ことごとく揃わない数字に、無意識に頰が緩んでいたらしい。

「お前、エンジェルナンバーって知ってるか？」

小金井は小馬鹿にした顔で一笑し、首を傾げた。

リサと付き合いたての頃、彼女に同じ質問をされた。「大西さん、エンジェルナンバーって知ってる？」エンジェル、というファンシーな言葉に、大西も小金井と同じように嫌悪感を抱いた。そんな大西にかまうことなく彼女は、「日付とか、時間とか、何か買ったときの金額とか、たまにゾロ目になってることってあるでしょ？　それはエンジェルナンバーって言って、天使が何かしらのサインを送ってるときなの」と説明してくれた。初めは彼女が自分で作った造語かと思っていたが、ネットで調べるとかなりの件数がヒットしたので、そういった占い好きの女性の間では常識のようだった。リサはあらゆる場所に潜むゾロ目——エンジェルナンバーを探し、見つける度に目を輝かせてその数字の意味を大西に伝えた。

「例えば2のゾロ目は、信頼、現実化。願いが叶う前兆で——」

「大西さん、それ信じてるんすか？　マジきもいっす。幻滅です」

信じてなどいない。しかし時間に余裕ができると心にも余裕が生まれる。エンジェルナンバーを面白がってみるのも悪くなかった。

「ってか今日、若井さん何してるんすか？　俺と飯とか食べてて平気なんですか？」

これまではチームの動向を把握していたので、わざわざ彼女に仕事のスケジュールを聞くことはなかった。昨晩会ったばかりなので今夜また会おうとはならないと思うが、念のため彼女の意思を確認しておこうと電話をかけた。

リサは電話に出たが、「ごめん。今出張先で接待中だから」とだけ言って切れた。切れる間際、微《かす》かに踏切の音が聞こえた。

「あ、そう言えば今日から三日間、大阪出張ってボードに書いてました」

彼女の出張先を知らないのは初めてだった。

「何か寂しそうな顔になってますよ」

「からかうな」

空車のタクシーが角を曲がってやってくる。

「大阪行ってみたらどうっすか？」

ばかなことを言うな、と言葉を返そうとした瞬間、小金井が「あっ」と指差した。

タクシーのナンバーは99-99だった。

得体の知れない胸騒ぎが大西を襲う。

「ほらほら！　きましたよ、9のゾロ目！　どういう意味ですか？」

エンジェルナンバー「9」の意味――。

完結。そして、使命。

＊

新大阪駅の改札を抜けると、リサの姿が目に入った。彼女も大西に気づき、少し微笑んで手を振る。

「びっくりしちゃった。こんなこと初めてだから」

女性に会うためだけに新幹線に乗って地方へ行くなど、今までなら絶対にありえなかった。

「君に会いたくなったんだ」

大西は小金井との夕食を取りやめ、ナンバーが99-99のタクシーに乗って品川《しながわ》駅に向かい、大阪までのチケットを買った。新幹線の中で「今大阪に向かってるけど会えるかな」とリサにメッセージを送ると、驚きを表すスタンプと共に「何時に着くの？　迎えに行くよ」と返事がきた。

「わざわざ迎えにきてくれてありがとね」

「ううん。会いにきてくれて嬉しい」

小金井に唆されたから来たわけではない。身体の奥に妙なざわめきを感じたのだ。そんな不確かな感覚に身を委ねたくなったのは、9のゾロ目を見てしまったからだろう。本当に天使がメッセージを送っているのならば、この意味から何を汲《く》み取ればいいのだろうか。

「なんだかコンビニに行くみたいな格好だね」

荷物は財布、鍵、携帯、そしてストールの入ったビニール袋のみだった。

タクシーに乗り、リサが泊まっているホテルへと直行する。大西は何も食べていなかったが、彼女はすでに接待で食事を終えてしまったというので、ルームサービスで済ませることにした。

ホテルは大西の大阪出張時の定宿だった。通い慣れたロビーを抜けて部屋に入ると、なぜか煙草の匂いがする。灰皿には口紅のついた数本の吸い殻があった。

「煙草、やめてなかったのか」

リサはまるで非行が見つかった中学生のように、「あっ」と声を漏らして俯いた。

「ごめんなさい、つい」

禁煙するよう諭そうとしたが、大阪まで来て嫌な思いをしたくなかった。大西はそれ以上何も言わず、フロントに電話をかけてボロネーゼのパスタとグリーンサラダを注文した。

冷蔵庫にあったビールで乾杯し、気に掛かっていた例の件について尋ねた。

「前にあげたストール、どうした？」

リサはグラスを置いて立ち上がり、クローゼットへと歩いていった。

「これのこと？」

手には昼間に公園で拾ったものと同じ柄のストールがあったので大西は安堵《あんど》した。ビニール袋の中身を見せて説明すると、リサは一瞬驚いた顔をしてから「すごい偶然だね」と無邪気に笑った。

ビールを飲みながら話しているうちに二人を包む空気は甘くなっていき、大西は彼女の唇に触れた。普段とは違うシチュエーションに気分が高まっていく。荒々しくシャツを脱ぎ、キスをしようと顔を近づけた。しかしリサは気まずそうに顔を背け、キスを拒んだ。

「どうした？」

沈黙の後、彼女の肩が小刻みに揺れ始めた。

「大西さんに言わなきゃいけないことがあるの」

身体の奥にまたしても妙なざわめきを感じる。大西はごくりと唾《つば》を飲み込んだ。

「実はね……一週間前に……母が倒れたの……」

リサは震えた声でそう言った。

「なんで黙ってたの」

「だって、大西さんの大事な時にそんなこと、言えるわけないじゃん」

彼女の嗚咽《おえつ》は少しずつ激しくなり、所々声が裏返った。

「親戚にも母を介護できる人、誰もいなくて……だから私、仕事辞めて実家に帰ろうと思うの……」

リサの父親は彼女が新入社員として入社したばかりの頃に急逝し、福井《ふくい》の田舎町には母親だけが一人で暮らしていると聞いていた。

「ねぇ」

リサは充血した目で大西をじっと見つめた。

何も言わないでほしいと大西は思う。もし彼女が何かを言えば、もう元通りにはならないと分かっていた。しかし願いも虚《むな》しく、彼女の「どうする？」という言葉がはっきりと耳に届いてしまった。

質問の答えは決まっていたが、大西にはそれを言葉にすることができなかった。

「別れるしか……ないよね……」

窓から射す月明かりが彼女の顔を照らす。睫毛《まつげ》は露《つゆ》のついた草木のように濡《ぬ》れていた。

大西はこの時、胸が締め付けられると同時にどこかホッとしていた。実のところ、彼女からそう切り出してくれて安心していたのだ。もし「一緒にきて」と言われてしまったら。

東京の広告代理店に十年も勤めた自分が、知らない土地で職を探すのは想像できなかった。そもそも想像する気すらなかったかもしれない。思い描いていたのはたったひとつ——自由で、華やかで、刺激的な未来だけだった。

大西が服を着て部屋を去るまで、「ごめんなさい、ごめんなさい」とリサは何度も言った。

「君は悪くないよ。ただタイミングが悪かっただけだ。今までありがとう」

外に出ると風が冷たかった。部屋にストールを忘れてしまったがかまわない。深夜だったのでホテルのエントランスにあるタクシー乗り場には一台も停まっておらず、歩いて探すもののこんな時に限ってタクシーが通らない。

夜に捨てられた気分のまま、行く先も決めず歩いていく。

別れ話をしたあとだというのに、なぜかリサと付き合い始めた頃のことばかりが思い出される。

　リサと交際するようになったのは、一年ほど前、あるプロジェクトを任された頃だった。当時は連日アポが立て込んでいたので、イベントが終わるまでの間だけスケジュールを管理できるアシスタントを求めていた。仕事に余裕のあるメンバーを部内で探していると、秘書経験のあるリサを紹介された。

　どこかへデートへ行くなどということはなかったが、プライベートは秘密の恋人、職場では上司と部下、という関係が生み出す緊張感は刺激的で、平凡な恋愛よりもよっぽど興奮することができた。それは一心に働いてきた十年の中で、唯一愉楽に浸れる時間だった。

　歩き疲れたのでたまたま通りかかった「よしみ」というスナックに立ち寄ることにした。扉を開けると、ヒョウ柄のシャツに身を包んだ化粧の濃い中年女性が片付けをしている。客は一人もいなかった。閉店する間際のようなので違う店にしようと思ったが、「飲んでってや。安くしたるで」と嗄《か》れた声で呼び止められた。彼女はここのママらしく、カウンターに座ると「何飲む？」とぶっきらぼうに聞かれた。並んでいる酒を見るに、シャンパンか甲類の焼酎、ウィスキーあたりしかなさそうだ。シャンパンという気分ではないし、甲類の酒は苦手なので、値は張るがウィスキーのボトルを注文する。するとそれまで適当だったママの態度は一変し、食べ物はいるか、何か歌うかなどとしつこくかまってきた。名前を尋ねると「それは愚問やで」とママが言うので、すぐに「よしみ」だと気づく。ママが豪快に口を開けて笑うので、そんな気分ではなかったはずなのに大西も釣られて笑ってしまった。

ママが近づく度に香水がきつく臭う。けれど今夜はそれで良かった。

いつの間にかカウンターに突っ伏して寝てしまったらしい。ゴミ収集車のアナウンス音で目を覚ますと、ママは扉を開けっ放しにしながら外にゴミを運んでいた。朝の日差しと生ゴミの臭いに思わず顔をしかめると、ママは「よう寝る子やなぁ」と呆れるような笑みを浮かべた。

「すみません……お会計、お願いします」

頭痛をこらえつつもママがレジを打つのを待っていると、ふとあるウィスキーが目に入った。ボトルには「田中アガベ様」と書かれたネームプレートがかかっている。予期せぬ偶然に大西の身体はほんの少し軽くなった。

店を後にし、アガベに電話をかけた。この時間はまだ通勤途中かもしれないと思ったが、彼はすぐに電話に出た。

「おう、大西っち。どうした？」

「アガベさ、『よしみ』ってスナック知ってる？」

「行きつけだよ！　なんで⁉」

「今大阪にいるんだ。昨日偶然入ったんだよ、そこに」

取り留めもない会話を続けた後、昼過ぎに一緒にランチでもどうかと誘われた。今日も予定はないので断る理由もなかったし、久々に会いたかった。沈んだ気分もいささか紛れるとも思った。待ち合わせ場所は彼の会社の隣にあるトンカツ屋で、ここからの距離はそれほどなかった。

電話を切って、ママに教えてもらった近所のカプセルホテルに行き、シャワーを浴びた。待ち合わせまで休憩所にあるテレビを見ながら時間を過ごす。昨日は見たくなかったテレビ番組も、なんとなく見られるようになっていた。

午後十二時半に着くよう店を目指す。途中で雨が降り出したのでコンビニで雨宿りしたが、雨は勢いを増していくばかりで、諦《あきら》めて傘を買った。

トンカツ屋の店内に入ると窓際の席にアガベを見つけた。直接顔を合わせたのは彼の結婚式以来だから、五年ぶりだ。大学を卒業してからというもの、めっきり会う回数が減ってしまった。

「大西っちは全然体型変わらないねー。俺のこれ見てよ」

そういうとアガベは腹の肉を両手で摑み、「バラ肉たっぷりでしょ」と大きな口を開けて笑った。

「どうよ、自由になった気分は」

「まだうまく時間を使いこなせないよ」

「またまた。俺はお前がうらやましいよ」

アガベの薬指にはめられた指輪がきらりと光を反射した。

「俺なんか来月にはパパだから。会社辞めるなんて死んでもできないね。大西っちは？　結婚の予定とかある？」

カツの衣が口の中で音を立てる。

「ないよ」

窓の外に目をやった。雨はまだ止む気配がない。

「ありゃ。モテるからって女選び過ぎなんじゃないの？」

黒い傘を差した一人の男が窓の外を横切り、アガベの会社の前にある喫煙スペースで足を止めた。

「結婚式にはちゃんと呼んでよねぇ」

傘を畳むと、男の容姿が明らかになり、その瞬間、持っていた箸《はし》を落としてしまった。

「ちょっとなにしてんのよー。すいませーん、箸ひとつお願いしますー」

大西はその男の顔を知っていた。しかし自分の知っている男の相貌とは何もかもが違った。

自分の知っているその男は猫背で、身だしなみにこだわらず、影が薄い。しかし目に映る彼は、サイズのあったスーツを着こなし、髪は綺麗に整えられ、背筋が伸びている。

「大西っちさー、いい人いないなら紹介するよ？」

間違いなく石田だった。十年間、毎日のように見てきた男の顔を見間違えるわけがない。

「そうそう、実はこのあとこないだ話した丹頂社との打ち合わせなんだよ！　ナイスタイミングだね」

石田はハンカチで身体の濡れた部分を拭《ふ》き、煙草に火をつけた。優雅に煙を燻《くゆ》らしていると、後からやってきた一人の女性が彼の方に近づいていく。そして傘を閉じた。

「お、あの子、結構可愛い」

石田に話しかけたその女性はリサだった。白い歯をこぼして笑う彼女に、石田は嬉《うれ》しそうに頷《うなず》いている。

これは夢なのではと疑ってしまう。いや、むしろ夢であってくれたらいい。

リサはカバンから煙草を取り出し、口に咥《くわ》えた。ライターで火をつけようとするがなかなかつかないのか、諦めて石田が咥えている煙草から火をもらおうと顔を近づけた。石田は照れくさそうに笑い、それを受け入れる。

二本の煙草がキスをするようにそっと触れた。

＊

アガベと別れた後、トンカツ屋の斜向《はす》かいにある建物の二階のカフェに入った。店員に奥の席をすすめられたが窓際のカウンターにしてもらう。

豚の脂がまだ口に残っている。その気持ち悪さはコーヒーを飲んでもなかなか消えなかった。

左遷されたはずなのに、石田はまるで生まれ変わったかのように活き活きとしていた。人生を惰性で過ごしているような感じが微塵もない。

リサの行動も不可解だった。今までは二人が話しているところなど見たことがなかった。偶然同じ仕事を担当することになったからといって、そこまで親密になるのだろうか。

コーヒーを何度もおかわりし、アガベの会社のエントランスを注視し続けて彼らが出てくるのを待った。石田とリサがビルから出てきたのは、午後四時を回った頃だった。大西は急いで店を後にし、二人を捜す。彼らはひとつの傘に入って駅の方へと向かっていた。気づかれないよう慎重に二人を尾行する。雨のせいで視界が悪いが、傘で顔を隠せるのはありがたかった。石田とリサがタクシー乗り場に並んだので、彼らの後に三人並ぶのを待ってから大西も列に加わった。二人が乗車したのを確認し、次の順番だった乗客に一万円札を渡して割り込む。怒鳴られながらも強引にタクシーに乗り、運転手に前のタクシーを追うよう指示した。

三十分ほどして二人の車が止まったのは、建てられたばかりであろう三階建てのマンションの前だった。石田と腕を組んだリサがその中に入っていく。タクシーを降りてマンションを見上げると、一つの部屋に明かりがついた。

その時、近くで踏切の音が鳴った。思わず振り返る。昨晩、リサが電話を切る間際に聞こえた音とシンクロしてゆく。

灰色の空の下、大西はずっと立ち尽くしていた。

窓の明かりは依然ついたままだった。覚悟を決めて電話をかける。呼び出し音が鳴る中、「完結、そして使命」という言葉が頭を去来した。

「……もしもし」

雨粒が激しく傘を叩く。

「石田さんとかわって」

「え？」

「かわれよ」

「大西さん、なに言ってるの？」

彼女は「どういう意味？」や「わけが分からない」などとシラを切り続けるので、大西は少しずつ語気を強めながら「いいからかわれ」としつこく繰り返した。

進展しないやりとりを続けていると、また踏切が鳴った。彼女にもその音が聞こえたのだろう。リサは黙り込み、やがて電話を切った。

窓の向こうに人影が見える。しばらくして窓が開いた。石田の姿が見えたので、大西は不本意ながらもゆっくりと頭を下げた。

彼はすぐに下りてきて、大西に「ご無沙汰ですね」と挨拶をした。スーツ姿のままだった。

「少し先にファミレスができたんですよ。そこで話をしましょう」

見た目は別人だったが、口調は相変わらずおっとりしている。

大通りを目指して、小道を抜けていく。閑静な住宅街で、建物や停まっている乗用車から、この辺りが一等地であることは歴然だった。

「随分いいところに住んでますね。大阪ではそんなに羽振りがいいですか」

「いいえ、やってることも給料も変わりませんよ。社員の扱いもね」

石田が東京にいた頃を思い出す。始業時間の直前に現れ、定時で退社。その間、じっとPCの前に座り、喫煙、トイレ、食事以外に席を立つことはない。

「宝くじでも当たったとか？」

「似たようなもんです。昔から特に仕事も振られなかったので、株のデイトレードばかりやってて。そのうちに上手くなってしまいました」

石田は自嘲《じちょう》してそう言ったが、大西は少しも笑えなかった。

大通りに出ると、ファミレスの看板が煌々《こうこう》と光っているのが見えた。店に入ると客は家族連ればかりで騒々しい。店員に喫煙席か禁煙席かと聞かれ、石田は喫煙席を指定した。四人席のテーブルに対面して座り、それぞれカプチーノとアイスティーを注文した。

大西は正面の石田をまじまじと見た。およそ半年ぶりに会った彼は、明るい場所で見ると想像以上に若々しかった。どのように話しかけていいか分からないでいると、突然石田が「ありがとう」と言った。

「私は大西くんに感謝しています。君のおかげで僕の人生はとても輝かしいものになりました」

彼があまりに清々しく笑うので、自分がおかしいような気がしてくる。今まで抱えていた罪悪感がぐにゃぐにゃと形を変えていく。

「石田さん、僕はあなたを左遷した男ですよ？」

彼は胸のポケットからケントの一ミリを取り出し、火をつけた。

「違います。私があなたに左遷させたんですよ」

額に脂汗が滲むのが分かる。我慢できず、テーブルにあった使い捨てのおしぼりで顔を拭いた。

五ヶ月前、大西は確かに石田に責任を押し付けて左遷に追い込んだ。それは間違いなく自分の判断だった。

「混乱しているようですね。大西くんならすぐに勘づくと思ったのですが」

煙で霞《かす》む中、石田は得意げに話を続けた。

「ヒントを差し上げます。私に責任を押し付ければいいと言ったのはどなたでしたか？」


日本最大手百貨店のリニューアルオープンに向けたトータルプロデュースを丹頂社が担当することになり、そのエグゼクティブプロジェクトマネージャーを大西が任された。

このプロジェクトは予算の規模やネームバリューからみて、大西の最後の仕事としてこれ以上ないほどふさわしかった。これまで働いてきた集大成とするべく、大西は日々ひたむきにプロジェクトを進めていた。

百貨店の広告デザインやCM以外に、アプリやイベントなどいまだ誰も試していない方法でこのリニューアルオープンを盛り上げようと、企画立案し、情報管理を徹底して慎重にことを進めた。

このまま行けば予定通りオープンできる。そう誰もが思っていたとき、事件は起きた。このオープンに合わせて大々的に発表するはずだったアイシクルとのコラボ商品の情報がどこからか流出し、プレス発表会の予定が全て台無しになったのだ。

百貨店サイドは謝罪で済んだが、重要な顧客であったアイシクルの怒りは収まることなく、これを最後に契約打ち切りという話にまでなってしまった。筒井社長は大西を呼び出し、とにかく責任の所在を明らかにしろと告げた。が、どれほど調べても情報の出所は分からなかった。

自宅で頭を抱える大西に、「石田さんのせいにしちゃえば？」と言ったのはリサだった。

「石田さんもコラボ商品の資料をまとめてたし、あの人がやったとしても不思議じゃないでしょ。奥さんも仕事してるらしいし、子供ももう成人してるから、地方に左遷されるくらいの処分なら別に問題ないんじゃないかな。あの人、気弱だから大西さんに強く責められたら絶対言い返せないと思うよ」

石田は黄色い歯を覗かせ、「そういうことです」と頷いた。

こめかみの辺りを汗が伝う。

「石田さん。若井リサとは、いつから？」

逆上しそうになるのをどうにか堪《こら》え、大西は聞いた。石田は何食わぬ顔で指を折っていく。

「えっと……四年前ですかね」

「僕と付き合っていたのはご存知で？」

「ええ、もちろん」

どれほど説得力があっても、この男の言葉を信じることができなかった。

大西は携帯を取り出し、石田の瞳をじっと見つめながらリサに電話をかけた。

「……もしもし」

電話越しにも彼女が怯《おび》えているのが分かる。大西は指揮官のような口ぶりでリサに話しかけた。

「石田さんとはいつからだ」

「……会社に入ってすぐです」

彼女は職場で話すときと同じく、敬語で答えた。

「父が亡くなり、私はかなり落ち込んでいました。ときどき我慢できず会社で泣いてしまうこともありました。そんなとき石田さんは私を喫煙所に誘ってくれました。で、言ってくれたんです。『変化を受け入れれば、あなたはきっとよくなりますよ』と。私はその言葉にすごく救われました。いつしか彼が心の拠《よ》り所になっていました」

「じゃあ、どうして俺と」

「ごめんなさい。石田さんと一緒にいるためにはこうするしかなかったんです」

「だとしても、俺と君との時間は――」

石田はおもむろに大西の携帯を奪い、電話を切った。

「そんなにうろたえている大西くんは見たくありません」

石田が灰皿に押し付けた煙草の吸い殻は、幼虫の死骸に似ていた。

「隠れて逢瀬《おうせ》を重ねるのは女性にとって苦しいものなのでしょう。彼女はいつも『東京を離れたい、そうすればもっと普通に会えるのに』と漏らしていました。一方で私も家族から離れて彼女と過ごせる環境を求めていました。だからわざわざこのような、手の込んだ計画を実行したわけです」

大西は窓ガラスに映る自分を見た。髪がぼさぼさで無精髭が生えていて、下品だった。反対に、正面に座る石田は健康的で凛々《りり》しく見える。以前と真逆だった。

「大西くんには大変申し訳ないことをしましたが、おかげで幸せな毎日を送っております」

石田は残りのカプチーノを啜り、「では、私はこの辺で」と伝票を取った。値段を見た彼はなぜか小さくガッツポーズをした。

「見てください。555円です。知ってますか？　数字のゾロ目には意味があるんです、5は——」

知っている話を聞かされるほど退屈なことはない。大西は「変化、変容」と彼の言葉の隙間に声を投げ込んだ。石田が少しだけ面食らった顔をしたので、大西は「あなたもリサから教えてもらったんですか」と吐き捨てるように言った。

彼はニカッと笑った。

「逆ですよ、私が彼女に教えたんです」

ついさっき電話口でリサが石田に言われたという言葉を思い出す。

「彼女のお父様の命日は五月五日でしたからね」

そう言って彼は立ち上がり、千円札を置いて出入り口の方へ歩いていった。

石田の足音が小さくなっていけばいくほど、大西は打ちのめされていった。しかしどこか釈然としないのは、あのプロジェクトにおいて、ミスが起きるのをリサが知っていたことだ。リサと石田の計画は、誰かがミスを犯し、その責任を石田に擦《なす》りつけなければ成功しないはずだった。全くの勝算なしに自分と付き合うほど、彼女もバカじゃないだろう。

まさかリークしたのはリサ――。

「あの……これは言わないでおくべきかと思ったんですが……」

いつの間にか石田は大西の元へと戻っていた。

次の言葉を躊躇《ためら》ったので、大西は「何ですか」と苛立《いらだ》ちを露《あらわ》にした。石田は大西を見下ろしたまま、ひと呼吸して口を開いた。

「今から言うことは私の独り言だと思ってください」

彼の眼差しから嘲《あざけ》りと同情のようなものが窺《うかが》える。

「私はそれほど頭がよくありません。もちろん彼女も。このような手の込んだ計画を思いつくわけはないのです」

奥のテーブルから子供の騒ぐ声がした。男の子がナイフとフォークを両手に持ってキンキンと皿を鳴らしている。

「……あなたみたいな優秀な人間に育てられた後輩なら、話は別ですが」

男の子の母親が声を荒らげて窘《たしな》める。しかし男の子は決して手を止めようとはせず、それどころかより強い力で皿を鳴らした。屈託なく笑って皿を叩く様は、捕食しようとする蜘蛛《くも》の姿を思わせた。

＊

東海道新幹線で東京に戻る中、隣の男性が読んでいた新聞記事が視界に入った。そこにあった見出しは、大西のかろうじて残っていた気力を完全に消滅させた。

「丹頂社　新会社設立発表　小金井卓哉《たくや》氏が社長就任」

携帯が着信を知らせる。小金井からだった。手の震えをどうにか抑えて電話に出る。

「大西さん、僕のこと聞きました？」

「なんでお前が」

「ここだけの話、実は僕、社長の息子なんすよ。両親離婚しちゃったんで名字違うんですけど。っていうかそんなことどうでもよくて、石田さんと若井さんのことですよ。なんか聞きました？　あー、聞いたけどよく分かってない感じっすねぇ」

下りの新幹線とすれ違う度に風を切る轟音が鳴った。

「ストール、若井さんに渡せましたぁ？」

笑いを堪えているのか、話す度に小金井の語尾が揺れる。

「彼女のじゃなかった」

「いやいや、あれは大西さんがあげたストールですよ」

　そこで電波が悪くなり、電話は途切れてしまった。かけ直しても繋がらず苛立っていると、一通のメールが小金井から送られてくる。開くと文面はなく、一枚の写真だけが添付されていた。デスクで仕事をするリサの後ろ姿で、大西がプレゼントした黄色いストールを身につけている。しかしそのストールの端にある刺繍は、大西が選んだRではなくLだった。


　新幹線を降り、すぐさま小金井に連絡する。

　急激な気圧の変化のせいだろう、二日ぶりの東京駅は冷え込んでいて、行き交う人々のスーツは夏物ではなくなっていた。

「画像見ました？」

「若井さんの名前のスペルは『あーるあいえすえー』じゃなくて、『えるあいえすえー』なんですって」

　小金井はわざとらしくアルファベットを日本語的に発音した。

「彼女もしたたかですよね。石田さんと不倫するために大西さんの秘書になって、付き合って、左遷させて。おまけに石田さんから貰《もら》ったストールと同じものを大西さんに買わせるんだから。しかもどっちがどっちか分かるようにスペルの違うものを指定するというね。魔性の女とはまさに若井さんのことですよ」

「全部お前が仕組んだことだろ」

しばらくは沈黙を貫くつもりだったが我慢の限界だった。

アシスタントを欲しがっていた大西にリサを紹介したのは小金井だった。考えてみれば、小金井は大西の予定や趣味嗜好を大体把握していたし、このような一連の企ては決して難しくなかったはずだ。

「今どこにいる」

「こないだ会ったあの公園にいますよ」

中央口を出て呼吸を整え、タクシーで公園へと向かう。

「あのときアイシクルの情報を漏らしたのもお前か」

車窓から外を眺めると、青々としていた木の葉はこの数日で微かに黄色くなっていた。

「どのような意図があったにせよ、損失がでかすぎる。曲がりなりにも社長の息子であるお前が、会社の大事なクライアントを失ってまですることか」

目眩《めまい》がするので窓を開けたが、排ガスの臭いで気分はまた悪くなる。

「詳しいことは言えませんが、私の新会社は、ラジータとワンダフルイマジン・ラボと提携してまだ誰も実現していない画期的なサービスを開発しています」

小金井が他人行儀に説明したラジータというのは、いわゆるアイシクルの競合企業で、なにがあっても関わってはいけない相手だった。つまり丹頂社は長年の顧客を裏切り、ライバル会社に寝返ったのである。友人が勤める会社まで巻き込んで。

「それはアイシクルのような旧態依然の会社とでは成し遂げられない事業です。全てはラジータとの契約を結ぶための体裁作りであり、会社としての利益を考えた上での行動です。そして大西さんを陥れた。一石二鳥とはまさにこのことっすね」

　再び口調を砕けたものへと戻し、小金井は話を続けた。

「僕は父の創った会社を愛してないと言い切るあなたがずっと嫌いでした。父が愛した社員を、仲間を愛していないというあなたが嫌いでした。そしてなにより無責任なあなたが大嫌いでした。あなたは他人のことを一番に考えているようなふりをして実際は人を見下し、なによりも自分を優先する人間です。僕はそんなあなたに感謝したことなど一度もありません」

「なんでこんな面倒なことをしたのか理解できないんだが」

「勘の鈍い人ですね、がっかりです」

　公園の前でタクシーを降り、小金井を探す。

「情報漏洩《ろうえい》が発覚した時、脱サラを決めているにもかかわらず、どうしてあのタイミングで自分が処分を受けようと思わなかったのですか」

　どこだ、どこにいる。

「そんなことするわけないですよね。むしろ脱サラを決めてからは何ひとつミスのないよう、慎重に過ごしていましたもんね」

歩いていたはずが、無意識に地面を蹴《け》って走っていた。携帯を片手に園内をぐるぐると回るが小金井の姿はどこにもなかった。

「そうやってもがけばいい。走り続ければいい。脱サラして悠々自適に生きていけるなんて、そんな虫のいい話ありませんよ」

「どこだ！　どこにいる！」

怒声を発すると木々に留まっていた鳥たちが羽ばたいていった。

「そこにはいませんよ。今僕がいるのは、かつてあなたがいた場所です」

視線を上げると、堂々とそびえ立つビルの窓に仁王立ちする男の影が映った。その部屋は大西が退職する朝に景色を見下ろしたあの会議室だった。

「石田さんが左遷された件、実は大西さんが濡れ衣《ぎぬ》を着せたって社内外で噂になってるんですよ。もちろんそう吹き込んだのは僕なんですけどね」

急に立ち止まったせいかむせてしまい、咳《せ》き込んで息ができない。

「それと大西さん、お友達の田中さんとはお仕事できませんよ。ワンダフルイマジン・ラボは我々に仕事を一任する契約ですから」

彼の佇《たたず》まいは大西の知っているものではなく、冷酷で惨忍だった。

「他のツテも同様に潰《つぶ》させてもらいます。脱サラするのは構いませんが、父の会社で作ったコネを利用するのは言語道断です。だって社員は会社の犬ですから。逃げ出したペットに与えられる餌などどこにもありません」

頭の中に響いたのは積み重ねたジェンガが崩れるような音だった。

「言っておきますが僕だけじゃないですよ。大西さんと仕事をした社員は皆、あなたのことを疎ましく思っているはずです」

「俺は間違っていない！　会社のために誰よりも働いてきたんだ！　俺は間違ってない！」

「往生際が悪いですね。もう脱いでしまったんでしょう。ここからは裸一貫で生きていってくださいよ」

帯びた熱を放出するように大西は叫んだが、無情にも小金井には届かず電話は切れた。すぐさまかけ直すが出ない。小金井は窓際から去り、カーテンが閉まっていく。

憤りと疑念がぐちゃぐちゃに絡み合って、上手く声を発することができなかった。声だけでなく、身体中が自分の言うことを聞かない。近くから「おーにーばーばー」という奇声が聞こえる。ベンチには二日前にもいた老人が座っていて、呻《うめ》きながらあの時と同じように腕を振っていた。

憔悴《しょうすい》しきった身体をどうにか動かし、ベンチに腰掛けた。その時になって数十名の作業員がポンプで池の水を汲み出しているのに気付く。

放心状態のまま水位が下がっていくのを眺めていると、徐々に現れた池の水底にはなにやら赤い物が散らばっていた。

「おじいちゃん！　一人で出歩かないでって言ってるでしょう！　何度言ったら分かってくれるの！」

そう老人に話しかける女性も、二日前に見た老人の娘と思《おぼ》しき人だった。

「あら、おじいちゃん。すごいわね。これってあのとき投げてたものかしら」

女性は柵に近寄り、池の様子を覗《のぞ》き込んだ。大西は彼女に話しかけずにはいられなかった。

「すいません。あのときって？」

女性は少しびっくりした顔で振り向き、「三日前の夕方頃だったかな、おじいちゃんとここに散歩に来てたんですけど、そのとき大勢の会社員がここから池に物を投げ込んでたんですよ、まったく」と呆れた雰囲気で話した。

赤い物の正体は大西が退職の記念として同僚に贈ったオーダーメイドの赤いボールペンだった。

隣の老人はいまだ「おーにーばーばー」と腕を振っている。

「よっぽどストレスが溜まってたんですかねぇ。いい大人たちが『おおにし！　ばいばい！』とか言いながら嬉しそうに投げ込んでたんですよ。それをおじいちゃんが気に入ってしまって、ずっと真似してるんです」

そのイントネーションは老人の「おーにーばーばー」にぴたりと重なった。その瞬間、社員たちが腕を振ってペンを投げる姿が浮かんだ。そしてリサが黄色いストールを投げ込む姿――。

池の水底には、ペンの他にも自転車や靴や扇風機など、水面から見ていただけでは知る由もなかったさまざまなものが沈んでいた。

不思議と彼らに対する復讐心は湧いてこない。あるのは虚無感、それだけだった。

電話が鳴る。父からだった。大西は静かに携帯の電源を切った。

やがて雲がちぎれ、薄明光線がビルに射し込む。天使のはしごと呼ばれるものだ。天使。9のエンジェルナンバー。完結、使命。

綿密に計算したはずの最高の「脱」は、知らず知らずのうちに社会からの「脱落」へと化けていた。これで完結なのか。自分の使命はもう終わったのか。

視界は潤み涙が頬を伝う。その時、誰かが大西の肩を叩いた。

振り向くとそこにいたのは筒井社長だった。彼は勝手に隣に座り、「先日、ここでボートを漕いでいたでしょう？」と言った。

改めて彼をじっと見つめると、広い額とシャープな目元が小金井とあまりにもそっくりで動揺した。

「実はあの日、この公園で息子と話していたんですよ。君がどのような男かいろいろと聞きました」

池の水はほとんどなくなっており、魚がぴちぴちとそこかしこで跳ねている。

「私の知り合いに、新事業を立ち上げる経営者がいましてね。誰かいい人材がいないかと相談されたのです」

まだ馬鹿にし足りないというのか。

「だから私は『優秀だが孤独な男が一人いる』と彼に言ったのです」

ベンチを離れようとしたが、彼に腕を摑まれた。眼差しは真剣で、茶化す様子はなかった。

「興味、ありますか」

何が目的なのか少しも読めない。

ふと、脳裏に壮大なジオラマの世界が思い描かれた。都市の模型に、無数のフィギュアが丁寧に配置されており、皆一様にスーツを着ているのだが、その中にはフィギュアとなった自分の姿もあった。奇妙だがその世界は調和がとれていて、異様に美しかった。

風に流された雲が空を覆っていく。先ほどまで頭上で眩《まぶ》しく輝いていた薄明光線があっという間に消散していった。
いずれにせよ、自分の居場所はそこにしかない。
大西は乱れた髪に触れ、溜め息を吐いた。
あぁ、また着るのか。

恋愛小説（仮）

12月号のメインテーマ：【男子の恋愛】
要望：メインテーマ「男子の恋愛」にからめた内容を希望。
枚数：原稿用紙40枚程度（文字数は調整可）
失恋、初恋など、男性の恋愛模様を若い女性読者に受ける感じで描いていただけると嬉《うれ》しいです。

——といった内容の執筆依頼が、ある人気女性週刊誌の編集者からメールで送られてきた。締め切りは一ヶ月後。

ついに来ちゃったか。

自分の作家性、方向性から思うに、この依頼は断るべきだった。ギャラだって別に大したことはない。けれどあまり名も知られていない若手作家に、この「人気女性週刊誌」の掲載を断る勇気はなかった。もし断ってしまったら、出版界で「あの作家は生意気だ」などという悪い噂が広まってしまうかもしれない。気の弱い僕はどうするべきか逡巡《しゅんじゅん》した結果、結局「ぜひ、よろしくお願いします」と返信してしまった。

しかしすぐに後悔の波が押し寄せる。

【男子の恋愛】。それも若い女子に受ける感じで、小説を書く。考えるだけで体調を崩してしまいそうになった。

今まで発表した数本の短編は、世界の不条理をテーマにしたミソジニー全開のSFファンタジーで、恋愛の要素はゼロではないものの、ほとんどないと言ってよかった。それは僕自身がそういった作品を好んで読んできたということにほかならず、一方で「若い女性読者に受ける感じ」の恋愛小説と呼ばれるようなものは数えるほどしか読んだことがなかった。そんな僕に恋愛小説なんて書けるはずもなかった。

ラップトップ型PCの前で頭を抱えていると、困った際に何かと頼りにしている読書家の幼なじみから電話が掛かってきた。

「もしもし、明日なにか予定あんの？」

「なにもないよ」

「じゃあ飲もうぜ」

「……いやでも、ちょっと仕事で」

「どんな仕事だよ」

メールにあった文面を読み上げると、彼は声をあげて笑った。

「お前が恋愛小説を書くとは！」

「まったく書ける気しないよ」

「いつの時代も『胸キュン！』だぞ、恋愛小説は」

「胸キュンって何よ？」

「俺まだ仕事あるから、また明日な」

そう言って彼は一方的に電話を切った。

確かに恋愛小説を愛読する人たちが求めているのは胸キュン！なのだろう。でも胸キュンってどう書けばいいわけ？　全くピンとこない。

やはり今からでも断るべきだろうか。

けれど一度引き受けた仕事を断ると信頼を失いかねない。今の状況でそれはまずい。なにより敵前逃亡するのは僅かに残っている作家としての矜持《きょうじ》が認めなかった。

気乗りしないが、とりあえず冒頭だけでも書いてみることにした。それでもどうにもこうにも料理のしようがないなら、素直に負けを認めてお詫《わ》びとともに断りの連絡をしよう。

ライティングソフトを立ち上げる。タイトルはひとまず「恋愛小説（仮）」とした。

画面を見つめる。全く手が動かない。

「しらふじゃ書ける気しねぇよ」

そう独り言を漏らし、机の引き出しからウィスキーのボトルを取り出す。直接口をつけて勢いよく飲む。

まずは一度、恋愛小説の定義を整理しよう。恋愛小説とは男女のロマンスである。つまり決定的に必要なものは愛し合う二人の異性だ。同性同士でも無理ではないが、それを描くと変なバイアスがかかって別の物語になってしまいかねない。ここはシンプルに男女の恋愛でいくべきだろう。男子の恋愛というテーマなので主人公は必然的に男になるが、だとすればヒロインはどのような女性にすべきだろうか――

目が醒《さ》めると僕は机に突っ伏していて、目の前には空のボトルが転がっている。どうやら執筆しながらそのまま寝てしまったみたいだ。すぐさま二度寝を試みて目を瞑《つむ》ってみたが、頭が痛くてだめだった。

僕はまだ、たった今自分が見た夢に戸惑っていた。

場所はどこともいえない抽象的な空間で、時間は昼と言われればそのような気もするし、夜と言われればそのような気もする。その中で際立つのは目の前にいる女性の美しさだった。

瞳《ひとみ》は琥《こ》珀《はく》のように透明で、その奥で一輪の秋桜《コスモス》が密《ひそ》やかに咲いている。隣には泣きぼくろが控えめに添えられ、鼻梁《びりょう》は高くはないもののすらりと通っていて印象的だった。黒い髪の隙間から覗《のぞ》く額は妙に艶《なま》めかしく、官能的な首筋はどことなく鶴を思わせる。嫋《たお》やかかつ凄艶《せいえん》、それでいて可憐《かれん》さもあった。彼女が優しく微笑むとえくぼが恥ずかしげに現れ、唇はきゅっと細くなった。

不思議なことに彼女とは初対面だった。そう言い切れるのは、現実の世界でもし彼女のような美しい人と会っているならば僕は確実に覚えているからで、現に夢という曖昧《あいまい》な空間の中でしか見ていない彼女の顔を、自分は克明に描写することができる。このような体験は初めてだった。

心臓が普段より強く脈打つのを感じる。水を飲んでも冷静さを取り戻せない。かつてない感覚だった。僕の脳内は完全に彼女で支配されていた。

幼なじみは飲んでいたハイボールを噴き出し、「夢は現実の投影であり、現実は夢の投影である！」とヒゲを撫《な》でる素振りをしながら言った。おそらくフロイトの真似だろう。

僕はあれから何も手につかず、浮ついた気分のまま幼なじみと約束していた店にやってきた。

「夢が初対面なんてありえねぇだろ。出会ったことのない人間の顔をどうして脳が作り出せる？」

捲《まく》し立てるようにそう言った直後、「違う違う、俺が言いたいのはそっちじゃない」と彼は自ら訂正し、言い直した。

「俺がおかしいと思うのは、体感時間たった数分の映像でその女性に惚《ほ》れてしまったってとこだ。夢は脳内映像だ。つまりそれはテレビのＣＭを見てそれに出てた女の子に本気で恋しました、ってのと同じだぜ？　今までそんなことあったか？」

「ない」

「テレビやネットがこれほど充実してるご時世、絶世の美女なんて死ぬほどお目にかかれるわけだ」

彼は得意げに、愛飲しているアメリカンスピリットに火をつけた。

「でも俺はその絶世の美女に本気で惚れたりはしない。超絶タイプだとしてもこの気持ちは恋とかじゃない。自分の欲望にぴったりの外見というだけだ」

自分の欲望にぴったりの外見、という言葉は僕を少し苛立《いらだ》たせた。僕はムキになって「だったら惚れても不思議じゃないでしょ？　自分の欲望にぴったりの外見だよ？」と言い返した。

呆《あき》れるように歪《ゆが》んだ口元から、煙がだらしなく漏れた。

「叶《かな》わない恋でもなんでも、もう一度だけ彼女に逢《あ》いたい」

僕がそう呟《つぶや》くと、彼は「じゃあまた寝れば？」と半笑いで返した。

「どうせすぐに熱が冷めるさ。そういうのは風邪みたいなもんだからな」

全く共感を持たない彼に腹が立った。一方で、この稀有《けう》な経験に巡り会えたのは自分だけだという優越感もあった。

この状況がおかしいことは自覚している。しかし彼女を目の前にした時の胸の奥が締めつけられるあの感じ――胸キュン！は、決して悪いものではなかった。むしろとても心地よかった。

気づけば僕らはずいぶんと長い時間酒を飲んでいた。酩酊《めいてい》した僕はまた夢を見たのだが、これが驚くべきことに昨晩と全く同じものだった。つまり彼女と再会したのだ。夢が叶った。

目を醒ますと僕はベッドで寝ていた。どうやって帰ってきたのか思い出せないが、リビングに幼なじみがいたので、きっと彼が僕を連れて帰ってきてくれたのだろう。

「奇跡が起きた！」とこの出来事を熱く語ったが、彼は呆れた素振りで「そんなことよりいいのかよ、小説書かなくて」と言って、帰ってしまった。

見たことのない人間と夢で逢うということ自体も不思議だが、同じ夢を二度連続で見るというのもまた不思議なことだった。僕は三回目を期待し、ソファーに横になって睡魔がやってくるのを待った。そして僕はまた、同じ夢を見ることに成功した。

すぐさま幼なじみに電話をかける。

「三回だぞ、三回！　これは何かの啓示なのかもしれない」

「バカ言ってないで仕事しろ」

「こんなときに小説なんか書いてられない！」
彼は煩わしそうに「だったらその話を小説にすれば？」と言った。それは素晴らしい発想だと思った。恋をするほど仕事がはかどるなんてそんなに幸せなことはない。僕は彼にお礼を言って、ＰＣの電源を入れ、ライティングソフトを立ち上げた。そして「恋愛小説（仮）」を開く。
稲妻に打たれたような衝撃が走った。僕は自分が書いた小説の書き出しをすっかり忘れていた。

瞳は琥珀のように透明で、その奥で一輪の秋桜が密やかに咲いている。隣には泣きぼくろが控えめに添えられ、鼻梁は高くはないもののすらりと通っていて印象的だった。黒い髪の隙間から覗く額は妙に艶めかしく、官能的な首筋はどことなく鶴を思わせる。嫋やかかつ凄艶、それでいて可憐さもあった。彼女が優しく微笑むとえくぼが恥ずかしげに現れ、唇はきゅっと細くなった。

僕が恋をした彼女は、自分が冒頭で書いた女性の描写と完全に一緒だった。まさかと思って黒い髪を茶色い髪と打ち直し、また眠る。すると夢の中の彼女の髪は確かに茶色くなっていた。「瞳は琥珀のように透明」を「瞳はサファイアのようなブルーで」

りに変化した。

と変更しても、「隣には泣きぼくろが控えめに添えられ」を削除しても、夢はその通

それからの日々、僕はこの奇妙な現象の虜《とりこ》になった。そしてあらゆる実験を行った。初めに「～唇はきゅっと細くなった。」のあとに「彼女は髪を結び直し、僕をじっと見つめた。顔を寄せ、僕にそっとキスをする。」と加筆してみた。するとその日の夢は僕を見つめるところで終わった。なのでこの現象は文字数に限りがあるのではないかと踏んだ。ここまでの文字数は空白を入れて二百八文字。「僕をじっと見つめた。」までが百九十二文字。そこで僕はこの現象に対して二百文字――原稿用紙半分――が限度という仮説を立てる。しかし二百文字ちょうどは「顔を寄せ、僕にそ」までのはずなので、二百文字以内の最後の句点まで、という条件のようだった。実際に「顔を寄せ、僕にそっとキスをする。」を「顔を寄せる。」とすると、彼女が顔を寄せるところで夢は終わったので、この仮説は正しいようだった。

次に「彼女」という部分を「彼」にしてみた。自分の新たな扉を開けてしまう可能性になかなか寝付けなかったが、いざ睡眠に入ると夢は見なかった。同様に「彼女」を「犬」とか「魚」とか「宇宙人」とかにしてみたが、結果は同じだった。

最後に、「恋愛小説（仮）」の文字を全削除し、別の新規ファイルに「瞳は琥珀のように透明で、」とコピーしてみたが、これもまた夢を見なかった。つまり、「恋愛小説

（仮）」と名付けたこのドキュメント上に二百文字以内で女性を描くと、僕は夢を見るようだった。

それまでに合計八回、夢の中で彼女と逢っていたわけだが、その頃には幼なじみの予想通り、僕の彼女に対する熱は冷め始めていた。毎晩同じ美女を眺めるのを退屈に思うようになってしまった。美人は三日で飽きるとはよく言ったものだ、としみじみ思う。自分の欲望にぴったりの外見、と彼が言った言葉が今になって沁みた。

僕は全ての文字を削除し、違う女性像を描写することにした。髪を短くしたり長くしたり、瞳を大きくしたり切れ長にしたり、僕は美容整形外科医よろしく様々な女性を作り上げ、そして夢の中で逢った。

次に逢いたい女性像を考えていると、デスクの横に置いていた携帯が鳴った。

「もしもし？　お前生きてんの？」

いつもの幼なじみだった。

「生きてる、なんで？」

「あんときすげー興奮してたのに、それ以来すっかり連絡ないからさ」

彼と飲みに行った日から二週間が経っていた。

「あー、締め切り前で忙しくて」

「順調ならいいんだけど。お前明日行けんの？」

「なにが？」

「え、もしかして聞いてないのか？　小学校の同窓会」

初耳だった。

「十五年ぶりに同級生で集まんだよ。あー、誰もお前の番号知らないから、連絡いってなかったんだな。すまんすまん」

通っていた小学校は東京の郊外にあったが、私立中学に進んだ僕は卒業と同時に都心部に移り住んだ。そのせいもあって、小学生時代の友人はずいぶんと減ってしまい、大学で偶然一緒になった彼以外に連絡を取り合う同級生はいなかった。

「で、行けんの？」

同窓会。ということはあの人も。

僕が黙ったままでいると彼は「何もないなら来いよ。場所と時間、メールしとくから。じゃあな」と言って電話を切った。

会場は新宿《しんじゅく》駅近くのイタリアンレストランだった。受付で会費を支払ってから店に入る。貸切なのでここにいるのは全員クラスメイトのはずだが、皆すっかり大人になっていて誰が誰だかわからない。居心地の悪さに戸惑っていると、幼なじみが「よっ」と声をかけてきた。

彼は僕の顔を見て「お前ちょっと痩《や》せたんじゃないか？」と心配そうに言った。「大丈夫だって」と笑い、「ここのところ忙しくて食べる時間があんまりなかっただけだよ」と付け足した。

バーでビールを貰《もら》い、それに口をつけながら横目でクラスメイトらをひとりひとり見ていく。僕が見つけられなかっただけかもしれないが、その中にあの人らしき姿は見当たらなかった。

時間になり、同窓生が一通り揃ったところで幹事が乾杯の音頭をとった。料理はビュッフェ形式の立食だったが、奥に座れるテーブルが三つほどあったので僕と幼なじみは料理を取ってそこを陣取る。すると僕らのもとへ次々に懐かしい面々が寄ってきた。誰が誰だかわからなかった人たちも、ようやく顔と名前が一致し始め、僕らは昔話に花を咲かせた。

たくさんのクラスメイトと数時間話し続けたにもかかわらず、誰も彼女の話題はおろか、名前すら出さなかった。僕自身は彼女の名を口にするのをためらっていたのだが、それとは違う、まるで皆あの子のことを忘れてしまったような雰囲気だった。

会はお開きになり、方々で「二次会に行く？」などと言う声が聞こえる。誰も彼女の話をしないことに違和感を覚えた僕は、その喧騒《けんそう》の中で「久米島《くめじま》、来なかったんだな」と呟いた。当時は名字で呼んでいなかったが、ユキエちゃんと言うのは恥ずかしかったので、あえて久米島と言った。

幼なじみが僕の方へ振り向く。

「お前、知らないのか？」

「なにが？」

「久米島ユキエ、死んだんだよ」

冗談だと思った。しかし彼の顔にふざけた様子は一切なかった。

「え、なんで？」


僕は二次会へは行かずに家に帰った。電車に揺られながら携帯で「久米島ユキエ事故」というワードで検索する。幼なじみの言った通り、彼女は十三年前に学校の帰り道で車に轢《ひ》かれ、死亡していた。加害者は中年の男で、飲酒運転での事故だった。彼女の画像を検索すると、僕らの卒業アルバムに載っていた写真が表示される。白い歯を見せて笑う彼女は今見ても可愛らしかった。

家に着いた僕は、彼女がすでにこの世を去っているという事実をいまだ受け止めることができず、デスクに座ってしばらくの間放心した。PCの電源を入れて、いつものように「恋愛小説（仮）」を開く。無意識に「久米島ユキエ」と入力していたので、慌ててデリートを押した。

夢の中で逢わなくても、僕は久米島ユキエの姿を簡単に思い出せる。

色白で、垂れ目で、眉《まゆ》が少し太くて、そばかすのある女の子。決しておしゃべりな方ではないが、いつも笑顔な彼女は男女問わず誰からも好かれていて、クラスの人気者だった。

そんな彼女に僕が初めての恋心を抱くのは、別段おかしなことではなかった。小学六年生の二月、中学受験に無事合格した僕は彼女に告白することを決意した。

その日、僕はいつもより早く学校に行き、クラスに誰もいないのを確認してからユキエちゃんの机に「今日、学校が終わったら新校舎の裏にきてください」と書いた紙を入れた。授業中、僕は一度も彼女の方を見ることができなかった。緊張のせいか時間の流れが異常に遅かったのを覚えている。ホームルームが終わり、僕は急いで新校舎の裏に行ってユキエちゃんを待った。

しばらくして彼女はやってきた。

「なに？」

僕は目を瞑り、冷たい空気を一気に吸い込んでから思いを吐き出した。

「僕はユキエちゃんが好きです！」

そう口にすると、彼女は間髪《い》を容れずに「わたしも好きだよ」と言った。あまりの即答に僕は拍子抜けしてしまい、言葉を失った。ぼーっと彼女を見つめていると、

「わたし、このあとバレエだから！　じゃあね」と言って去ってしまった。

あっけない展開ではあったが、告白は確かに成功したのだ。僕はその場で狂喜乱舞し、大きな声を出して「やったー！」と叫んだのを覚えている。

数日後にやってきたバレンタインデーは普段よりも寒い日で、時折細やかな雪がちらついていた。この日を待ちに待っていた僕は気持ちを躍らせながら登校し、ユキエちゃんからいつチョコを渡されるのか楽しみにしていた。

しかしその時間はどれほど待っても訪れなかった。話しかけられることも、机やロッカーにこっそりチョコが入っていることも、一緒に帰ろうと誘われることもないまま、僕はひとり家路に就いた。

僕の告白は彼女に届いていなかったのだろうか。もしかして僕は自分では「好きです」と言ったつもりが、違う言葉を口走っていたとか？　本当に今日ってバレンタインだっけ？　様々な憶測に苛《さいな》まれ、なかなか眠れなかった。

僕は翌朝起きることができず、「いい加減にしなさい」と母親に叩《たた》き起こされてようやく登校した頃にはすでに昼休みになっていた。長い廊下を目を擦《こす》りながら歩いている途中、通り過ぎた隣のクラスから「いいな〜ユキエちゃんからチョコもらえて」と話す声が聞こえた。戻って声の方を見ると、生徒の輪の中で照れくさそうに笑っている男子がいた。

「久米島さんに呼び出されて行ったら、『はい』って」

　確かに僕の耳にそう聞こえた。身体が燃えるように熱くなり、震える。

「どうするの？　付き合うの？」

「付き合うって……よくわかんないよ」

　殴りかかろうと思ったが、ぐっと耐えて自分のクラスへと早足で向かう。ドアを開けると友人らが「おはよー」や「おせーよ」などと声をかけてくるが、無視してユキエちゃんの机までいく。女子五、六人で楽しげに給食を食べる彼女の腕をとり、「どういうこと？」と僕は言った。

「ねぇ、どういうことなの」

　上手く喋《しゃべ》れず、語気だけが荒々しくなっていく。

「いたいよ……」

　クラス中の視線が集まる。

「どういうことだって聞いてるんだよ」

　自分でも驚くほど声に力がこもった。

「いたいって……」

「ほんとにアイツにチョ――」

　そう言いかけた瞬間、ユキエちゃんは泣き出し、「こわい」と顔を覆ってしまった。

胸の辺りに何か鋭い物が刺さったような痛みが走る。

するとー周りにいた女子が立ちあがり、ユキエちゃんを摑《つか》む僕の手を払いのけた。大人しい性格のユキエちゃんを守るように、彼女の周りにはいつも威勢のいい女子たちがいた。

彼女たちのひとりが「ユキエがなにしたって言うのよ」と責めるように言い放つ。女子に囲まれた僕は本当のことが言えず、「だってユキエちゃんが」と繰り返すことしかできなかった。

涙が溢《あふ》れてしまいそうで、急いで保健室に駆け込んだ。「気分が悪いので横にならせてください」と先生に話し、ベッドに横たわってカーテンを閉める。途端に視界が滲《にじ》む。声を押し殺しながら、僕はひからびてもおかしくないほどむせび泣いた。

その日から卒業するまで、クラスの女子は誰一人僕と口をきいてはくれなかった。もちろんユキエちゃんも。その間、何度かユキエちゃんと隣のクラスの男子が手をつないで帰るのを見かけた。その度に自分にヒビが入っていくのを感じた。

結局、彼女が何を考えて「わたしも好きだよ」と言ったのかわからないまま、僕は卒業を迎え、そして引っ越しをした。

この経験は僕の人生に多大な影響を及ぼした。中学校に入学し、クラスメイトに恋心を抱いても、自分から行動を起こすことができなかった。そうしているうちに他の誰かと付き合ってしまい、僕の恋は終わる。傷はますます深くなっていった。
好きになった女性から告白されるという場合もあった。しかしばらく交際してい
ると「何を考えているかわからない」とか「本当に私のこと好き?」などと言われ、
心の底で女性という生き物を信頼していないのがばれてしまう。
そのうちに女性と関わることが嫌になって、僕は好きだった小説の世界へと逃げた。
それもこれも全てあの初恋のせいだった。
同窓会に行くまで僕はユキエちゃんに会うのが怖かった。会ってどう接すればいい
のかわからなかった。何事もなかったようにそつなく再会を喜ぶのか、それとも少し
笑いながら当時のことを尋ねたり、責めたりするのか。明解な答えは出ないまま不安
を胸に同窓会へと足を運んだ。けれどどれもこれも無意味な想像に終わってしまった。
彼女が死んだと聞いて、自分でも意外なほど僕はショックを受けていた。おそらく
僕は、心のどこかでまたきっと会えると期待をしていたのだろう。そしていつか再会
したときに、「あの時、すごく傷ついたんだ」とか、「でもまぁ今となれば笑えるな」
とか、無理な笑顔を作りながらそんな話ができたら、恋愛がうまくいかなかった日々
も少しは意味のあるものに変化するような気がしていた。
しかしその可能性は完全に消え失せてしまった。それはつまり、僕が苦しんだ日々
はそのまま僕の中に残り続けると宣告されたようなものだった。

もう二度とユキエちゃんと会えない。話せない。

ふとPCの画面に目線を戻した。「恋愛小説（仮）」というドキュメントファイルの上でカーソルが点滅している。それはまるで「ここなら彼女に逢える」と教えてくれているようだった。

全ての文字を削除し、真っ白のファイルにおそるおそる「僕はクラスメイトの久米島ユキエと再会した。」と打ってみる。

このような方法で彼女が本当に夢に現れるのか、確証はなかった。実在した人物を登場させるのは今回が初めてだ。それに加え、彼女はすでに亡くなっている。「再会した。」ということは僕と同い年の彼女が出てくるわけで、本来ならありえない大人のユキエちゃんに逢うというのは無茶にもほどがある。

それに再会したって傷口をえぐるだけかもしれない。

やめるなら今のうちだ。

またもデリートキーに指が伸びる。けれど今度は覚悟を決め、まぶたをぎゅっと閉じて入眠した。


人の気配がする。女性のようだ。

僕は緊張のあまり俯《うつむ》いてしまい、なかなか彼女を見ることができなかった。少し視線を上げても、つい目を逸《そ》らしてしまう。

しばらくして、そっと彼女を見た。

褐色のショートボブ。垂れ目。少し太い眉。そばかす。

当時の幼さは薄れているものの、子供の頃の面影はちゃんと残っていて、目の前にいるのは確かにユキエちゃんだと認識できる。

白い歯を見せて笑う彼女は、あの時と変わらず可愛くて、綺麗《きれい》だった。

じんわりと体温が上がっていく。さきほどまで直視できなかったはずなのに、いつしか彼女から目が離せなくなっていた。僕はまるでお気に入りの絵画でも鑑賞するように、じっと彼女を見つめ続けた。


夢から醒めると全身が汗でびっしょりと濡れていた。そして初めて「恋愛小説（仮）」の夢を見た朝と同じように、心臓が速いスピードで鼓動していた。

もし再会できたら、まずはあの日のことを話し合おうと思っていたのに、そんなことはもうどうでもよくなっていた。

とにかくもう一度彼女に逢いたい。

僕は再び眠りについた。夢の中のユキエちゃんは前回と同じくにこにこと笑ってくれている。そして僕はまた彼女を注視し続けた。

目が醒めると、どうにかしてまた眠りについた。僕は何度も何度も彼女に逢うために眠り、飽きることなく微笑む彼女を見続けた。

再会すればするほど、あの初恋の、浮き立つような感覚を鮮明に思い出していく。

しかし同時に、いたたまれない哀憐の思いも膨らんでいった。

大人になった彼女を見る度に、彼女の人生には無限の可能性があったのに、と考えてしまうのだ。好きな人とデートをして、なりたい職業に就いて、行きたい場所に行きたいだけ行って。そんな風に本来なら謳歌《おうか》できたはずの時間を、彼女は永遠に奪われてしまったのだ。そう思わずにはいられなかった。

考えに考えを重ねた結果、僕はこのような言葉を加筆した。

僕はクラスメイトの久米島ユキエと再会した。「なにかしたいことはある?」と訊くと彼女は思ったことを口にした。

現実の世界にいないユキエちゃんがこの質問に答えてくれるかどうか見当もつかない。それでも僕は彼女のために何かしてあげたかった。たった二百文字だとしても彼女が望むなら、それを叶えてあげたかった。

ユキエちゃんは僕に向かって「たくさんあるけど……車を運転してみたいな。車種はフォルクスワーゲン。それで海まで行くの。海岸を散歩しながら写真を撮ったり、それを見て笑い合ったりして」と言った。

彼女は自分の願望を口にしたのだ。それは僕が指定した言葉ではない、彼女自身の言葉だった。

目覚めた僕は急いで彼女の願望を二百文字以内で打ち込んだ。

久米島ユキエはフォルクスワーゲンを運転していて、僕は隣の助手席にいた。雲ひとつない快晴の下でドライブをし、海沿いの駐車場に車を停める。ビーチへ下りると、彼女がデジタルカメラで写真を撮り始めたので、僕も携帯で海や空やユキエの写真を撮った。僕らは互いにそれを見せ合い、褒めたり、話したり、時に笑ったりして過ごした。駐車場に戻りながら、「次はなにがしたい？」と訊くと彼女は思ったことを口にした。

久米島ユキエは原宿《はらじゅく》の人気サロンで髪を少し明るくした。その間、僕は隣の席で楽しそうな彼女の話に耳を傾けた。それから電車に乗って新宿の伊勢丹《いせたん》に行き、彼女の買い物に付き合った。ユキエは一階で最新のコフレを買い、二階でルブタンのヒールを買い、三階でアレキサンダーワンのワンピースを買って持ちきれないほどの荷物を抱えて店を出るとき、「次はなにがしたい?」と僕が訊くと彼女は思ったことを口にした。

久米島ユキエは以前会ったときに伊勢丹で買った洋服で身を包んでいた。上品でセクシーでとても似合っていた。映画館の受付でチケットを買い、スクリーンが一番見やすい座席に座る。映画は評判通り素晴らしかった。それから渋谷《しぶや》のホテルの最上階にあるフレンチへ行く。僕らは煌《きら》びやかな夜景を眼下に見ながら、ワインを飲み、絶品料理に舌鼓を打った。コースを食べ終え、「次はなにがしたい?」と訊くと彼女は思ったことを口にした。

彼女の返事を聞いて僕は至極狼狽《うろた》えてしまった。

「次ってこのあとのことでしょう? そんなこときかないで」

そう言って彼女は少し頬を赤らめた。

それってつまり。

その気がないわけではない。ホテルにあるレストランを選んだのはそうなることも見越してだった。しかしいざそのようなことになるとすこし二の足を踏んでしまう。

それでも僕は思い切って彼女のために文字を入力した。

久米島ユキエにホテルのベッドの中でキスをした。初めは軽かったキスも徐々に激しさを帯びていく。服を脱ぎ、ゆっくりとお互いの皮膚に触れ合う。身体は自然に重なっていき、やがてひとつになった。それは二人の人生で最も満たされた瞬間だった。暗い室内にユキエの高い声が響き渡る。激しく抱き合い、やがて僕らは同時にエクスタシーを迎えた。彼女を胸に抱いたまま「次はなにがしたい？」と訊くと彼女は思ったことを口にした。

こんな風に僕はユキエが望む二百字のデートを繰り返すようになった。目が醒めるとすぐに次のデートのプランを打ち込み、たとえば動物園に行って一日中猿を眺めたり、家で一緒にオセロをしたり、熱海《あたみ》に旅行に行ったり、僕はあまり乗り気ではなかったけれどユキエがどうしてもと言うのでパチンコや競馬などのギャンブルもした。セックスもあらゆるシチュエーションでした。とにかく彼女が口にした望みはひとつも漏らさずに、なおかつ前向きで楽しげな言葉を選んで叶えてあげた。僕にはそれができた。夢の世界では僕は神だった。神として彼女を幸せにするために僕はＰＣに文字を入力し、そして何度も眠りについた。

僕のユキエに対する想いは日に日に増していった。最初に夢の中で逢った美女のように飽きてしまうことはなく、逢えば逢うほど彼女が愛《いと》しく思えた。女性といてこれほどまでに自分が笑顔になれるなんて知らなかった。かつての恋愛の痛みが少しずつ癒《い》えていく実感があった。

ユキエと逢う度に、醒めなければいいのに、と心の底から思う。僕はいつまでも夢の中にいたいのに。けれど二百字のデートを終えると僕は必ず目が醒めてしまう。どうにか起きないように「次はなにがしたい？」と口にしないよう我慢したが、どうしてもそれを言ってしまう。言わされてしまう、と言った方が正しいかもしれない。だから僕は何度も何度も彼女に逢うために眠るしかなかった。

久米島ユキエがキッチンでトマトを切っている。僕はダイニングテーブルからそれを眺めていた。部屋には日常的な幸福がたくさん溢れていた。僕は立ちあがって彼女の方へ近づき、「結婚しようか」と言った。振り返ったユキエは少し驚いていたが、優しく「うん」と頷いた。僕は用意していたダイヤの指輪を彼女の左手の薬指にはめる。涙ぐむユキエに「これから、どんな人生を送りたい？」と訊くと彼女は思ったことを口にした。

久米島ユキエが彼女の父親と共にバージンロードを歩いてくる。僕は祭壇の前で新婦が来るのを待っていた。純白のドレスに身を包んだ彼女は眩《まばゆ》い光に包まれ、まるで天使のように美しかった。誓いの言葉を交わし、指輪を交換してから僕はそっとユキエのベールを上げた。ユキエの唇にキスをすると、聖職者が「結婚が成立しました」と言った。参列者が拍手する中、「どんな家庭を築きたい？」と訊くと彼女は思ったことを口にした。

そう入力したはずが、結婚式の途中でなぜか夢は止まってしまった。ユキエは僕のキスを待ちながら静止し、聖職者も参列者も固まって動かなくなった。ゆすったり叩いたりしても反応はない。いったいどうなってるんだ？　どうにかしなきゃと教会の扉へと駆け寄る。重い扉を押すと、奥から紫と黒の混じった煙が溢れ出てきた。戸惑っているうちにその煙は素早く僕を飲み込んでいく。逃げようと思っても逃げられない。煙が顔を覆いかけたその時、地面が勢いよく抜け、僕は真っ暗闇へと落ちていった。

まぶたを開くと視界は曇っていた。誰かが僕の名前を呼んでいる。

「聞こえるか？」

多分幼なじみだ。

声を発しようとしたが、喉《のど》ががらがらして苦しい。焦点が徐々に合っていき、ようやくここがどこだかわかった。

医者がやってきて、僕に説明する。あなたはオーバードーズでこの病院に運ばれてきました。自分でもおわかりですよね。睡眠薬とアルコールの同時摂取はとても危険です。見つかったのが早かったのでなんとかなりましたが、もし遅れていたら死んでいてもおかしくありませんでした。あなたのカルテをみると、それほど慢性的に使用していたわけではないようですが、薬物依存の可能性があるので、念のためしばらく入院してもらいます。

そっか、死にかけたから途中で夢が止まったのか。死んだら永眠だもんな。なんつって。

僕を見つけだしてくれたのは幼なじみだった。同窓会で僕の痩せた身体を不審に思った彼は、あの日以来何度も連絡していたらしい。電話に出ないので心配して僕の家を訪ねたところ鍵《かぎ》は開けっぱなしで、部屋に入ると床に倒れていた僕を発見したそうだ。

「もしかしてドラッグでもやってるんじゃないかって思ったからさ。見つけたときはやっぱりって思ったよ。睡眠薬でよかったわ。よかったってのも変だけど」

「ありがとう、助けてくれて」

「なんで睡眠薬なんか」

僕は夢の現象に出会ってから、一日に何度も睡眠をとるようになった。細かい睡眠をとっては起きてを繰り返していたが、そのうちに睡眠障害が起きて全く眠れなくなってしまった。睡眠薬はサプリメント的に摂取するつもりだったが、一度眠っても二百字の時点で必ず目が醒めてしまうので、起きてすぐに新たな二百字を打ち込んでは薬をウィスキーで飲み込むようになった。ユキエちゃんの事故を知ったのはこの頃だった。それ以来、日に日に薬の量は増し、食事はほとんど取らなくなっていた。起きている時間よりも、眠っている時間の方が明らかに長かった。

僕はそれから絶対安静の入院生活を余儀なくされた。小説の締め切りには当然間に合わず、編集者に電話で事情を伝えると、「そうでしたか。大事になさってください」と返してくれたものの、その声に心配している様子はなかった。「本当にすみません、体調がよくなったら、またぜひ……」と言ってみても相手は黙ったままで、そのうちに電話はぷつりと切れてしまった。

入院した日の夜、僕はまた結婚式の夢を見た。その日はキスをし、聖職者の「結婚が成立しました」を聞いたあとまで再現された。

「どんな家庭を築きたい？」

「あなたがいればそれだけでいい」

二百字を書き直すまで、僕は永遠に美しいユキエの花嫁姿を見続ける。今は亡き女性の、あったかもしれない花嫁姿。

大好きな人との結婚式を毎日体験できて幸せなはずなのに、なぜか以前の多幸感は薄まっていた。それどころか夢を見ることを苦痛に感じるようになっていた。

夢の中は現実よりもずっと幸せで理想的で平和だった。このまま夢の中で暮らして、夢の中で生きていけばいい。胡蝶《こちょう》の夢のように現実と夢のどっちがどっちかなんてどうだっていいじゃないか。

そう思い込もうとしてもだめだった。現実は現実で、夢は夢のままだった。

目醒める度に胸がズキズキと痛み、その痛みが徐々に僕を支配する。そして僕が今までやってきたことは間違いだったのかもしれないという疑念が頭をもたげてきた。

僕は彼女のために夢を叶えてあげていた。それは本当のことだ。失われた時間を与えてあげたかった。僕の見ている夢だとわかっている。けれど彼女が僕に話した願望は僕がコントロールしたものではなく、彼女自身の意思だ。だから僕は彼女の夢を叶えてあげた。とにかく彼女を幸せにしたかった。それは供養にも、祈りにもなると思った。

けれど夢の中で彼女が話してくれた夢は本当に彼女の夢なのか？

そもそもこの夢の現象はいったいなんなのだろう。

僕は何日も考えたが結論はこれ以外になかった。

僕の書いた言葉が僕の夢の中で再現される。

たったそれだけのことだった。それ以上でも以下でもなく、それだけ。

つまりこれは僕だけのものなのだ。他者は介在せず、たった一人で完結している少し不思議な現象。

だとすれば全ては僕の主観によって起きているということになるのではないか。

初めに夢で見た女性について思い出す。確かに彼女は美しかったが、あの女性と同じように描写できる人間がいても美しいとは限らない。僕が美しいと思って描写したから美しい女性が夢に現れた。もっと言えば僕が美しいと思うように仕組まれていたのだ。

だとすると、ユキエちゃんが夢の中で話した夢も僕が彼女に言ってほしい言葉を言わせたに過ぎないのではないか？　文字に打たずとも、結局は僕の願望が影響しているということにはならないのか？

そして僕は自分のしていたことの正体に気づいてしまった。

人形遊び。

僕の中からなにかがするすると抜け落ちていく。

現実の世界のどこにも、二十七歳のユキエちゃんは存在しない。ユキエちゃんはもう十年以上も前に酔っぱらった男の車に轢かれて消えてしまった。

そんなユキエちゃんの未来の姿を僕はいいように想像し、自分の願望を実現するために動かしていたのだ。たとえ文字に打っていなくても全部僕の操作、操縦の範囲内だった。とどのつまり僕は彼女のためという大義名分の上で、自分のトラウマを払拭《ふっしょく》しようと、都合よくユキエちゃんを利用し、弄《もてあそ》んでいたのだ。勝手にヒーロー気分だった僕がしていたのは、実際にはひどく利己的で、下劣で、卑劣な行為だったのではないのか。

そもそも彼女のためにできることが今の僕にあるわけがないのだ。

幼なじみに頼んでPCを自宅から持ってきてもらう。電源を入れ、「恋愛小説(仮)」をクリックする。表示されたドキュメントには結婚式の描写がきちんと残っていた。電源を消す。しばらくしてまた入れる。何度かそれを繰り返したが、腹を決めてデリートを押した。描写を一文字ずつ削除していく。その度に今までの逢瀬《おうせ》がフラッシュバックし、呼吸が乱れる。白紙になった状態から、僕は慎重に、そして誠実に最後の二百字を打ち込んでいった。

久米島ユキエに僕はこう告げた。今まで本当にありがとう。もし今までのことを君が望んでいなかったとしたらごめんなさい。短い間だったけど僕はちゃんと君を愛していたよ。君と過ごした日々は何にも代えられない大切な時間だった。でももう君に甘えてばかりじゃいけないみたいだ。最後にもう一度逢えてよかった。君の存在は僕の中から絶対に消えないから。君の幸せを心の底から願ってます。さようならユキエちゃん。

入院六日目の朝、目を醒ますと僕は涙を流していた。その涙は溢れて止まらなかった。水道管が壊れたみたいに、わんわんと泣いた。

この感情は身に覚えがある。そうだ、保健室で泣いたときと同じだ。

僕は同じ人に二度失恋した。

ただあのときとは違って声は押し殺さなくていいみたいだ。

僕は全身がはち切れそうなほどのボリュームで叫びながら、号泣し続けた。

看護師や医師が駆けつけて禁断症状の一種かもしれないと疑ったので、僕は「大丈夫です」と嗚咽《おえつ》しながら彼らに言った。

確かに禁断症状だ。けれど僕が今まで依存していたのは睡眠薬でもアルコールでもない。クラスメイトのユキエちゃん。

最後に夢の中で逢った彼女はとても優しい顔をしていた。僕の思い過ごしかもしれないが「さようならユキエちゃん」と言って夢から醒める数秒の間に、「ありがとう」

と言ってくれた気がした。それも僕の願望かもしれないけれど。

涙を袖口《そでぐち》で拭《ぬぐ》いながらベッドから下り、テーブルに置いてあったPCを開く。電源を入れ、デスクトップにある「恋愛小説（仮）」をドラッグし、ゴミ箱に移す。右クリックして「ゴミ箱を空にする」を選択すると、くしゃくしゃと紙を丸めるような音がした。

雨が激しく窓を叩いている。看護師が「今年一番の大雨なんですって」と言って病室から出ていった。時折、猛獣の鳴き声のような雷鳴が響き渡る。

おもむろに窓を開けてみた。顔にぶつかる雨粒が痛い。あまりの勢いに目を開けていることができなかった。

片方の目をゆっくりと開ける。その瞬間、滝のような雨の向こうで稲妻が眩く発光し、不安定にうねった白いラインがくっきりと浮かびあがった。直後、怒号が轟く。

悪くないな、と僕は思った。

イガヌの雨

筑前煮の人参を齧ると、鰹出汁、そして椎茸からほのかに移った香りが、ふわりと口の中に広がった。揚げたてのアジフライに塩を振りかけて口にする。サクッと音がした直後、アジと油の旨味《うまみ》が舌の上で絡み合いながら心地よく喉《のど》を通っていった。白米を頬張ると、美鈴《みすず》は静かに「おいしい」と呟《つぶや》いた。ひとり言のつもりだったけれど、母は美鈴に優しい笑みを浮かべ、そっと頷《うなず》いた。

母の味付けはいつも薄めだけれど、素材の持ち味を繊細に、かつ最大限に引き出すため、美鈴が料理に不満を感じることはなかった。母は長年の努力からこの技術を習得したわけだが、その原動力になったのは家族を喜ばせたいというサービス精神以上に、下手なものを食卓に出してはいけないという緊張感であったように思う。

咀嚼《そしやく》音と箸《はし》が皿に当たる音だけがダイニングに響き渡るなか、美鈴は食事を半分ほど平らげていた。テーブルの中心に置かれている塩コショウや醤油《しょうゆ》、七味などさまざまな調味料の入ったケースに手を伸ばす。ふと視線に気づき、ちらりと横目で見ると、祖父は粛々と食事をしながらも、鋭い眼光で美鈴の指先を注視していた。

そろそろ味を変えたくなったのでアジフライ用にソースを取るつもりだったが、美鈴は急遽《きゅうきょ》変更してポン酢を選んだ。ゆっくりと瓶を持ち上げ、自分の手元に寄せる。

なにも言われないのでポン酢で正解なんだと思ったのも束の間、「生醤油になさい」

という声がする。

「うん……」

温度が高いものにかけたら生醤油の個性的なあの香りが沈んじゃうのにな、と美鈴は思いながらもポン酢を戻し、線を引くように生醤油をアジフライにかけた。

驚いた。アジの甘味がぐんと際立ったこともそうだけれど、生醤油のつんとしたカドが取れると同時にあの独特な風味が立体的に、ふくよかに膨らんだ。アジフライを活《い》かす調味料を選ぶのではなく、アジフライに活かされる調味料を選ぶという祖父の発想に美鈴は今日もまたかなわないと感じたのだった。

学校のテストの方がよっぽど簡単だ、とは口に出さずに美鈴は食事を済ませた。

「ごちそうさま」と席を立ち、お皿を重ねて流しに持っていく。さきほどまでここで調理していたとは信じられないほどキッチンは綺《き》麗《れい》で、整理整《せい》頓《とん》されていた。

「勉強するから、部屋に戻るね」

「頑張ってね」と母は美鈴に声をかけたが、祖父は黙ったままゆっくりと白米を口に運んでいた。

階段を上って自室に戻り、腕時計に「蓮《れん》、ビデオ通話」と呟くと、ピピッと了承の合図が鳴り、壁にはめこまれたディスプレイが点灯した。もしかしたらまだ夕食中かもしれないけれど、履歴だけでも残しておこうと蓮に電話をかける。

「ゴホッゴホッ……もしもし」

画面はコール中の映像から蓮の顔に切り替わった。慌てて電話に出たのか彼はむせていて、「ごめん……ゴホッ……ちょっと待って」と言った。

「後でかけ直そうか」

「平気平気、ちょうどご飯食べ終わったところだから」

頬が少し赤らんでいて可愛い。彼が落ち着いたところで、「家族はみんな祝ってくれた？」と美鈴が聞くと「もちろんだよ。父さんなんか『お前と一緒にイガヌを食べられるようになるなんて、こんなに嬉《うれ》しいことはない』って泣き出しちゃってさ」と父親の真似をしながら楽しそうに話した。

「あっ、ごめん。俺、つい、うっかり」

「いいんだよ、顔見たらわかるもん」

彼の瞳《ひとみ》は薄く血走っていて、額がほんのり汗ばんでいる。

「なんかデリカシーないやつみたいで、恥ずかしいな」

「誕生日くらい気を遣わずにはしゃいでいいと思うよ。それで？　初イガヌはどうだった？」

彼は俯《うつむ》いてしばらく口をつぐんでいたけれど、「噂通り、最高だよ」と申し訳なさそうに言った。

「これが来月にはもう食べられないなんて、本当に残念だよ。大人たちが悲しむ理由もわかる」

「そっかー。そんなにおいしいんだね」

美鈴は声色を強引に明るくし、感激してみせる。蓮はその配慮に気づいたのか、

「明日からのテストめんどくさいなー」と話題を変えた。

「進学に影響ないのにテスト頑張る意味ってなんなんだろ」

二人が通う高校は大学の付属校で、すでに進学後の学部が決定している今、留年の可能性がある生徒を除いて三年の二学期末のテストは特に意味をなすものではなかった。

「そんなこと言わないで頑張ろうよ。最後の最後までいい成績を残した方が気持ちよく大学に行けるって」

「さすが優等生、発言に重みがあるね」

それからテストに出題されそうな箇所を予想し合い、電話を切った。美鈴はすぐに明日のテストへ向けての最終確認をしようとしたけれど、なんだか集中できないので冷静さを取り戻すためピアノを弾くことにした。部屋の隅にあるスタインウェイのアップライトピアノはこの部屋にあるもののなかで一番古かった。もともとは祖母が愛

用していたもので、祖母が亡くなった際に形見として譲り受けたのだ。以来、美鈴はなにかあるとこのピアノを弾いて、大好きな祖母を思い出すのだった。

数ある楽譜のなかからドビュッシーの「月の光」を選び、ピアノスツールに座る。譜面台に楽譜を広げ、指を鍵盤《けんばん》の上にそっと置いた。手指がしなやかに鍵盤と踊る。目を閉じて自分の奏でる音楽に耳を澄ますと、祖母の穏やかな笑みがぼんやりと頭に浮かび、やがて身体の奥で微妙に揺れていた芯《しん》のようなものがゆっくりと静まっていくのだった。

*

試験終了と試験休み突入を知らせるチャイムが鳴ると教室のあちこちからため息が聞こえ、最後列の生徒が物理の解答用紙を回収していく。教師が教室を後にした途端、生徒たちから落胆や達成感、解放感が漏れ出て、クラスは一気に騒がしくなった。

帰りの支度をしていると、隣のクラスから蓮がやってきて、「美鈴が予想したところ、ばっちり出たね。ノーマークだったけど、直前にやっといてよかった。ありがとう」と礼を言った。

蓮の口からまだイガヌの匂いがする。

「このあと海斗《かいと》と遊びにいくんだけど、美鈴も一緒にこない？　乃亜《のあ》も来るみたいだし」

「うん、いいよ」

実のところ、ダブルデートより二人きりのデートがしたかった。ここ最近はテスト勉強であまり会えてなかったし、せっかくテストが終わって塾も習い事もない日なのだから恋人らしく過ごしたかった。それに蓮の誕生日のお祝いもできていない。もたもたしていると、十日後には自分の誕生日を迎えてしまう。その前に祝っておきたいというのが本音だった。

けれど蓮がすでに約束しているのに、『二人で過ごしたい』なんてわがままは言えなかった。自分の甘え下手な部分に嫌気がさしつつも、ダブルデートでも蓮と一緒にいられるならいっか、と頭を切り替える。

「じゃあ俺カバンとってくるから、校門前のベンチで待ってて」

「うん、わかった」

校舎を出ると眩《まぶ》しい太陽とは裏腹に冷気をまとった空気が首から胸のあたりまで流れ込んでくる。緩く巻いていたマフラーの端を引っ張り、ピーコートの襟の内側に突っ込んだ。

「美鈴！」

ベンチに座っていた乃亜が美鈴に手を振った。テスト期間中の女子生徒はメイクもヘアセットも雑になりがちだけれど、乃亜のベージュに染まった髪は今日も丁寧に巻かれている。

「テストできた？」

「余裕余裕！　テスト勉強してないのに簡単すぎてびっくりしちゃった」

派手な身なりからは想像できないほど乃亜は成績優秀で、中学の頃から美鈴はそのちぐはぐな人間性を面白がっていた。

「海斗くんは」

「校舎裏でタバコでも吸ってんじゃないの」

「そんなリスク冒すバカいるかよ」

現れた海斗はモッズコートのフェイクファーでできたフードを被《かぶ》っていて、その姿はまるで細身のライオンみたいだった。

「美鈴ちゃん、久しぶりー。元気だった？」

そう言って海斗が右手を差し出したので、美鈴もそっと右手を出した。握手した彼の手は薄く、硬く、そして冷たかった。

はっきり言って美鈴は海斗が苦手だった。がさつでいい加減で不良。彼氏の友達、友達の彼氏でなければ絶対に仲良くならないタイプだけど、蓮と乃亜の手前、適当にあしらうことはできなかった。

遅れてきた蓮が合流して、四人は電車に乗って郊外にある室内アドベンチャーランドへと足を運んだ。場内は平日の午後にもかかわらずたくさんの人で溢《あふ》れていて、目当てだった話題のグラスレス3Dサバイバルアクションゲームは一時間待ちだったけれど、それでも四人は列に並んだ。ようやく美鈴たちの番が訪れ、ガイドロボットから専用の銃——見た目の重厚感からは想像もつかないほど軽い——が渡された。美鈴と蓮、乃亜と海斗のペアになって中に入ると、真っ暗だった部屋は突然ジャングルの景色へと変貌《へんぼう》した。指揮官らしい人物が段取りを告げ、四人はそれに従って山奥へと潜っていく。不意に怪物が襲ってきたり、空から三ツ目の怪物が降ってきたりするので、銃でそれらを次々に撃ち倒していった。バーチャルとは思えないほどのリアリティに、四人はいつの間にかのめり込み、真剣にプレイしていた。さらに進んでいくと、最終地点に四本足の巨大なエイリアンが現れる。咆哮《ほうこう》すると鋭利な牙《きば》が露《あら》わになり、乃亜と美鈴は思わず悲鳴を上げた。海斗はむやみやたらに銃を連射するが、蓮は慎重に一発一発エイリアンを狙っていく。急所と思われる瞳と咽頭《いんとう》に何度か弾丸を撃ち込むと、暴れていたエイリアンは力なく倒れ、ゲームは終了した。アトラクションの出口を抜けた時には皆汗びっしょりで、くたくただった。

そのほかにもヘッドマウントディスプレイをつけるだけで空を飛んだり——ちゃん

と重力や風も感じることができた——水中に潜って人魚になった気分を体験したりと、最新のアトラクションを存分に楽しんだ。

アドベンチャーランドを出た頃にはすでに八時を過ぎていた。口から漏れる白い息たちが夜空へと溶けていく。都心に戻る電車に揺られていると、「ちょっと気になるレストランがあるんだけど行かねぇ？」と海斗が皆を誘った。時間も時間なので美鈴はてっきり帰るものだと思っていたけれど、乃亜も蓮も「別にいいよ」とすぐに返事をした。迷う美鈴を見て海斗は「そんなに遅くならないし、途中で帰ってもいいからさ。行こうよ」ともう一度誘ってくる。それでもどうしようか考えていると、蓮が美鈴のポケットに手を入れ、そっと手をつないできた。びっくりしたものの、美鈴もその手をぎゅっと握り返す。

「わかった。いいよ」

母に「今夜は遅くなるけど心配しないで」と音声メッセージを送り、連れられるがまま海斗のいうレストランへと向かった。自宅の最寄り駅の三つ前で降り、裏道を少し歩くと、古めかしい無機質なビルが現れた。海斗が先導してそのビルの地下へ下りていく。

身体がキュッと硬くなる。

帰る口実を探すが、いい言い訳が思いつかない。

階段を下りきるとそこはさまざまな店が並んだ地下街だった。海斗はそのうちのひとつの店の前で足を止めた。

「ここ」

そう言って海斗が扉に手をかけたので美鈴は「やっぱり、私帰るね」と言おうとしたが、その前に「海斗の行きたかった店って、まさかイガヌの店？」と蓮が声を発した。その語気は鋭かったが、海斗は「そう！　ここの店だとまだまだ在庫あるし、年齢確認しないし、しかもかなり安いの！」と屈託なく笑った。

その言い方に悪意はなかった。蓮は美鈴のことをなんと説明しようか迷っているらしく、言葉に詰まっていた。

「え、なんかまずかった？」

ようやく場の空気を察した海斗に、「美鈴はイガヌが食べられないの」と言ったのは乃亜だった。海斗がびっくりした様子で美鈴を見つめる。やがてそれが冗談ではないと知り、「あー、でもこの店イガヌ以外もあるけど、そっか。じゃあ、違う店にすっか」と踵《きびす》を返した。乃亜と蓮も同意し階段に足をかける。

その時、一組の老夫婦が店内から出てきた。開いた扉からイガヌ特有の匂いがどばっと溢れる。

階段を上っていく三人の歩調が少しずつ遅くなる。

「私なら気にしなくて大丈夫だよ」

美鈴はそう言うしかなかった。自分の事情に彼らを巻き込むのは不本意だったし、三人がイガヌを食べたいのは明らかだった。

「無理しなくていいよ」と蓮が声をかけてくれたけれど、瞳の奥には「そう言ってくれてありがとう」と書いてあるように思えた。

美鈴たちが座ると店内は満席になった。この店が特別なわけではない。イガヌの在庫がある店は全国のどこでも満員なはずだ。法規制がかかる前に食べつくしておこうというのは誰もが考えることだった。

海斗はテーブルに設置されているタブレットでイガヌを三つ注文してからそれを美鈴に渡した。何にしようかなと店内を見回したが、イガヌ以外のものを食べている人はひとりもいなかった。

美鈴が適当に注文すると、厨房《ちゅうぼう》から笑い声が聞こえた。

「ちなみに聞くけどさ、食べない理由って何？　味が嫌いなの？」

海斗は水を一口飲んでから、気になっていたであろう質問を美鈴にぶつけた。

「味じゃないよ。食べたことないもん。ちなみに宗教でもないからね」

「食べたことないって。じゃあ、何なの」

祖父が決めた我が家のルールと言ったところで彼はまた質問を繰り返すだろう。

「家庭の事情って感じかな」

はぐらかすと海斗はそれ以上の詮索《せんさく》をやめたが、隣にいた乃亜が「でもイガヌを食べない家庭ってすごいよね。美鈴以外に聞いたことないよ」と話を続けた。

「私の家《うち》、週五でイガヌってときもあるのに」

「俺なんか小学生のとき両親共働きだったから、週七、三食イガヌってのもあったぜ。でも別によかったよ、それでも。どんだけ食べても飽きないしさ」

そう言って海斗は胸ポケットから取り出したタバコに火をつけた。

彼の乱れた食生活に、イガヌを食べた経験のある乃亜と蓮も驚いた様子で、「嘘でしょ、海斗のママ手抜きすぎ」「忙しかったんだから仕方ないだろ」「さすがにやりすぎだよ、身体とか大丈夫なの」「平気だったよ。風邪だって一回もひいたことないし」などと楽しげに談笑した。

「ちょっ、ちょっと待って」

美鈴はあまりの家庭環境の違いに、口を挟まずにはいられなかった。

「え、小学生のときからイガヌ食べてたの？」

「あぁ、食べてたよ」

「え、でも、十八歳からじゃなきゃ、食べちゃいけないでしょ」

海斗は美鈴を鼻で笑い、椅子の背にもたれかかって伸びをした。

「じゃあさ、なんで十八歳未満がイガヌを食べちゃいけないんだと思う？」

十八歳未満の国民がイガヌを禁止されたのは、十四年前だった。法律が制定された理由として、いくらイガヌから有毒物質が検出されていないとしても、地球上に現れてからわずか数年しか経っていない生物を子供たちが食べて人体になんの影響もないとは言い切れないから、というのが通説だった。

「でもほら、俺こんなに健康だぜ」

海斗が得意げに両手を広げる。

「子供たちの身を守るってのは大義名分でさ、結局大人たちだけでイガヌを独占したいだけなんだよ。最低だよな大人って」

「でも法律は法律だよ？　わざわざ法律を犯してまで食べるの」

「今タバコ吸ってる俺にそれ言う？　っていうか十八歳になるまで一口も食べたことのないやつの方が珍しいっての」

口からこぼれる煙が得体のしれない虫のようで不気味だった。

「私も最初に食べたの小学六年生だったかも」

「蓮だって、中学のときに一緒に食べたのが最初だったよな」

蓮は美鈴を一瞥《いちべつ》してから「そうだな」とばつが悪そうに俯いた。

このあいだの十八歳の誕生日が初めてって言ってたのに。嘘をつかれていたことにショックを受けたけれど、それも自分を思ってのことなのだろうなと思うと彼を責めることはできなかった。

「食べたいって思ったことは一度もないわけ？」

海斗の態度がどんどん大きくなるのも許せなかった。

「ないよ」

美鈴は切り捨てるように言い返す。

「そうなんだぁ。もったいねぇなぁ」

この言葉は美鈴の気に障る唯一の言葉だった。

「何がもったいないの？　イガヌを食べる幸せを知らないこと？　そんなの全然もったいなくない。私はイガヌを食べなくても十分幸せだし、食べてもっと幸せになれるとしても、その幸せを知らなければもったいないって思ったり、うらやましがったり、寂しがったり、欲張ったりすることもない。全然もったいなくなんかない」

「お待たせしました」

フィンガーボウルのような金属容器に入った三つのイガヌの頭部——脚は器からはみでている——とワタリガニのクリームパスタが、張り詰めた空気のなかテーブルに置かれていく。四人ともすぐに手をつけようとはしなかったが、乃亜の「せっかくテスト終わった日なんだしさ、楽しく食べようよ」という一言でそれぞれがスプーンとフォークを手にした。

「いただきます」

美鈴はなるべくイガヌが視界に入らないよう、皿を手前に寄せてパスタを食べ始めた。フォークに絡めたパスタを頬張る。

おいしくなかった。いくら安価なワタリガニを使っているとはいえ、まったくカニの風味がしない。身は火を入れすぎて硬くなっているし、反対にパスタは茹ですぎてぶよぶよ。料理を知らない人間の料理だった。イガヌ専門店で出るイガヌ以外のメニューはまずい、という噂は本当だった。

正面に座っている蓮を見ると、彼はイガヌを堪能《たんのう》するように瞼《まぶた》を閉じている。徐々に頬が赤らみ、眉間《みけん》に寄っていた皺《しわ》も解けて顔の筋肉がだらりと垂れていく。他の二人も同様だった。

それぞれがゆっくりと目を開き始める。美鈴は蓮に微笑みかけたが、焦点が定まっていないのか反応がなかった。

こんな風になっちゃうんだ。

テレビでイガヌを食べている人を見たことはあるけれど、間近でそれを見るのは初めてだった。その奇妙な光景に美鈴の食欲は余計に落ちていった。

「うまいな」

蓮に続いて、乃亜と海斗も「おいしい」「最高」と呟き、喜びを共有するように微笑み合った。

再びパスタを啜《すす》ると、底知れぬ疎外感が美鈴を襲う。無理やり食べるけれど、やっぱりおいしくない。

自分だけが透明な壁に囲まれているような気分になる。

涙が滲《にじ》んで瞳が潤む。蓮は気づいてくれず、それどころかうっとりとした表情でイガヌを食べている。涙がパスタに落ちても、それは同じことだった。

バカバカしい。イガヌを食べないだけでこんな思いをするなんて、バカバカしすぎる。気がつくと美鈴のスプーンは蓮のイガヌをすくっていた。

目をぎゅっと瞑《つむ》り、スプーンいっぱいのイガヌを躊躇《ちゅうちょ》なく口に入れる。

イガヌの甘ったるい匂いが鼻をかすめたと同時に、心地よい痺《しび》れが全身を走り抜ける。

直後、舌先から全身へと多幸感が染み入るように支配していく。その味覚の域を超えた感覚に身を委《ゆだ》ねながら、美鈴は快楽を嚙《か》み締め、味わった。

思考力は自然と緩み、恍惚《こうこつ》の中に溺《おぼ》れていく。

ふと我に返って目を開くと、三人が心配そうに美鈴の顔を覗《のぞ》き込んでいた。

「すごい……」

聞こえるか聞こえないかの声でそう言うと、三人は笑顔で「ね、おいしいでしょ」と声をかけた。

＊

うつらうつらしながらも、美鈴はどうにか帰路に就いた。途中、自身からイガヌの強烈な臭気がしていることに気づき、近所の公園に寄って収まるのを待つ。しかし匂いは収まるどころか強まる一方で、美鈴は止むを得ず家族がいつも寝静まる時刻になってから家に戻った。

家の明かりが消えているのを確認し、静かに鍵《かぎ》を開け、そっと二階へ上がる。そのままバスルームへ行って全身をすみずみまで洗い、下着を洗濯機にかけ、強力な消臭スプレーを制服にかける。念入りに歯を磨き、口臭を消すカプセルを飲んで、美鈴はなんとか安堵《あんど》を感じることができた。

髪を濡《ぬ》らしたままベッドに倒れ込む。

美鈴の心臓はまだどくどくと脈打っていた。身体の火照りが鎮まらないので、寝転んだまま手を伸ばして窓を開ける。冷気を浴びながら、美鈴はさきほど食べたイガヌのことを思い返す。

小ぶりな頭部のなかで、光を受けてきらきらとパール色に乱反射するイガヌの臓器。一粒一粒が幾何学模様のように揃う様は熟れた柘榴《ざくろ》みたいだった。それらを口に含んだ途端、鼻腔《びこう》から妖しげな香りが抜けたかと思うと粒は歯に触れることなくほつれていき、甘味や旨味などという言葉では物足りない、曖昧《あいまい》で濃厚な幸福感が訪れ、ここではない異次元へと自分を誘ってくれる。

たった一口でそのような感覚を味わえる料理を美鈴は他に知らなかった。

十八歳を迎えずしてイガヌを食べてしまった罪悪感は、店の中に置き去りにしてきたのかまったくなかった。

法律で規制されるまでの残り二十日であと何回イガヌが食べられるのだろう。美鈴のなかにあるのはそれだけだった。

激しい筋肉痛に襲われ、美鈴は目を覚ました。おそらく昨日のアドベンチャーランドのせいだ。

楽しく遊んだ代償だから仕方ないと思うものの、痛みでなかなか起き上がることができない。ベッドから腕を伸ばして、ゆっくりとカーテンを開く。思ったよりも太陽の位置が高い。久しぶりの長寝に戸惑いつつベッドから下りる。そのときになってようやくドアにもたれて本を読む祖父が視界に入った。

びっくりした美鈴は思わずベッドに座ってしまった。

祖父は軽く咳《せき》払いをしてから「よく眠れたみたいだな」と低い声を響かせて言った。祖父が勝手に部屋に入ってきたのは初めてだった。

「食べたのか」

美鈴は混乱し、硬直したまま祖父を凝視した。

「食べたんだな」

祖父が老眼鏡を外すと、白い部分が黄色く濁った瞳が露わになる。

「うまかったか」

どう答えていいのかわからず、美鈴は俯いて小さくなった。すると祖父が突然「うまかったのかと聞いているんだ！」と声を荒らげた。

美鈴が小さく頷いたのを見て祖父は「そうか」と再び声のボリュームを戻して言った。

「残念だ」

部屋から出て行こうとする祖父に、「なんでだめなの」と美鈴は覚悟を決めて問いかけた。

「あんなにおいしいものを食べないなんて変だよ。どうして食べちゃいけないの？禁止するならちゃんとした理由を聞かせてほしい」

祖父に口答えしたのはこの時が初めてだった。

祖父は半開きにしていたドアを閉め、振り返って「嫌いだからだ」と言った。

「そんなの理由になってないよ。友達は皆食べてるのに、おじいちゃんが嫌いだからうちだけ食べちゃいけないなんておかしいよ」

「うちの飯になにか不満があるのか？　だったらお母さんにそう言いなさい」

祖父は腕組みしたまま、冷酷な眼差《まなざ》しで美鈴を見下ろしている。いつもなら視線を外す美鈴だが、今回はひるむことなく食い下がった。

「なんでそうなるの？　あと少しで食べられなくなるんだから、ちょっとくらい食べたって別にいいでしょ」

「だめだ」

「なんでよ」

美鈴はかつてないほどの勢いで感情を祖父にぶつけた。

「だめだめって、そんなんじゃわかんないよ！　おじいちゃんはイガヌを食べたことがないんでしょ？　食べたことないのに何がわかるの？」

無表情だった祖父の顔が咄嗟《とっさ》に曇る。

「食べたらこうなるとわかっていたから禁止していた。でもお前はそのルールを破った」祖父は再びドアを開け、外の方に顔を向けて美鈴に言った。

「そんなにイガヌが食べたいなら出て行きなさい。二度と帰ってこなくていい」

そう言って祖父は部屋を出て行った。祖父の理不尽さに美鈴の嫌悪感は膨らんでいく。美鈴は涙を堪《こら》えながら急いで着替え、荷物を持って自室を後にした。

頼れる友人はひとりしかいなかった。家出した美鈴は、乃亜に事情を説明して助けてほしいと頼んだ。「もちろんだよ」と彼女は快諾してくれ、それ以来帰ることなく乃亜の家でお世話になった。

美鈴がお願いしなくても、乃亜の母はほぼ毎食イガヌを出してくれた。残りわずかの期間でイガヌを食べつくそうという意気込みは、美鈴にとってとてもありがたいものだった。美鈴は今までの分を取り戻そうと成人男性の倍以上の量を食べたけれど、海斗の言っていた通りそれでも飽きることはなかった。

食べるようになって初めて、イガヌそれぞれに個体差はほとんどなく、調理といえるほどの調理をするわけでもないのでどこで食べようが味に変わりはないことがわかった。差があるのは盛り付けくらいのものだった。

イガヌを捌《さば》ける人は——捌くと言っても股《また》を裂くだけだけれど——基本的に自宅で食べるということも今になって知った。乃亜の母によると、かつてはみんなそうしていたけれど、イガヌを捌くのに気が引けるという理由から自宅で食べない人がここ十年で急激に増えたらしい。

家出してから七日が経っていた。乃亜の母から連絡がいっているのだろう、その間に親から心配の電話がかかってくることもなかった。

その日の昼も、乃亜と乃亜の母の三人でイガヌを食べていた。テレビでは連日のイガヌの価格高騰を取り上げている。驚いたことに値段は蓮たちと四人で食べたときの三倍になっていた。お笑い芸人が「まさにイガヌショックですねー」と面白くないコメントを全国に垂れ流していた。

「ママー、うちにはまだイガヌのストックあるの？」

「あるわよ、ちょうど今月で食べきれる分くらいね。でもイガヌをお金出して食べるなんていまだに信じられないわ。ちゃんと捕獲してればタダなのに。屋根の上にネット張るくらいしなさいよね」

乃亜はこのあいだ四人でイガヌを食べたことを母親に言っていないようだった。

「美鈴ちゃんのおじいさまはなんでそんなにイガヌを憎んでるのかしら」

祖父に何度も聞いたけれど、いつも「嫌いだからだ」としか答えてくれなかった。父が祖父に尋ねたときも答えは美鈴と同じだったらしい。親戚《しんせき》が教えてくれた理由は、「イガヌで商売を始めた友人に騙《だま》されて借金をしたからだ」とか、「奥さんが肺がんになったのは、イガヌを食べすぎたせいだと思い込んでいるんだ」などと、どれもばらばらで、結局真相はわからずじまいだった。

「特に理由なんてないんですよ、きっと。みんなが好きっていうものが嫌いなだけです。ただのあまのじゃくですよ」

頭に浮かぶ祖父の姿を振り払って、美鈴はイガヌをすくい、ぱくりと食べた。

「さて、ここでイガヌの歴史について振り返りたいと思います」

MCのタレントがそう言うと、画面は旧型のビデオカメラで撮られた一時代前の映像に切り替わった。日付は十八年前の二〇一七年十二月二十一日となっていて、それは美鈴が生まれた日でもあった。

テレビに映し出されたのはなんの変哲もない雲がまばらに散った青空で、そこを一機の飛行機が通過していく。

カメラのレンズがそのまま飛行機を追いかける。すると突如、空を映す画面を黒い小さな点がぎっしりと埋め尽くした。撮影者が「なんだ」と戸惑いの声を発する。初めはごまのようだった黒い点は徐々に画面に迫り、やがて何かの影であることがわかる。大量に降ってくるその何かを撮影者はしばらくその場で追い続けていたが、近づいてくる影が怖くなったのか突然逃げるように走り出した。「やばい、やばい」と叫びながらカメラを闇雲に振って逃げる。見ているだけで酔ってしまいそうな映像が再び止まったのは、撮影者が一度振り返ったときだった。ピースする手に似たその影はすでに数メートルの距離にある。数秒後、三つある眼球のひとつと目が合ったかと思うと、物体はレンズにぶつかり、カメラは地面に落ちた。転がったまま放置されたカメラは、いがぬ、いがぬ、という奇声を発しながら降り積もっていく大量の生物を撮影し続けていた。

「この奇怪な『雨』は、三日間止むことなく世界中に降り続けました。日本国民には外出を控えるよう勧告が発せられ、自衛隊が出動する事態となりました」

ナレーションとともにテレビの画面にイガヌの写真が映し出される。

「猿のような頭には三つの瞳に歯のない小さな口。胴体や腕はなく、二つの細い下肢だけが頭部から突き出るように生えています。他に類をみないこの異様な姿の生物。突然地球に現れた彼らは、その鳴き声からイガヌと名付けられました」

映像はスタジオからの生中継に戻り、MCのタレントが「当初は誰もが『イガヌは地球侵略を目的にしたエイリアンだ』と信じていましたよね」とコメンテーターに話を振る。

「そうですね。でもイガヌには腕や牙がなく、攻撃性もありませんでしたから、すぐに安心したのを覚えています」

「それに一日ももたず、死んでしまいますしね。さて、続いて食用としてのイガヌについて専門家に話を伺ってきました」

VTRのなかで中年女性がイガヌについて説明する。

「初めてイガヌを食べたのはアフリカの最貧国の子供だったと言われています。餓死寸前で極めて体調の悪かった子供が困ってイガヌを口にしたところ、みるみる回復したという話が広まり、アフリカ大陸から全世界へ波及するようにイガヌを食用とする習慣が広まりました。イガヌの味に関しては周知の通りですが、刮目《かつもく》すべきはその栄養素です。タンパク質、糖質、カルシウム、ビタミン類、ミネラル、そして肉類ではありえないほどの食物繊維までをもバランスよく豊富に含んでいます。正真正銘の完全栄養食品と称されるのはそこからきています。また半永久的に腐らないあたりも特筆すべき特徴でしょう。イガヌを構成している全ての物質が判明しているわけではないので断言できませんが、いくつもの抗酸化物質が強力に作用していることは間違いありません」

陽気なBGMにのって、皿にのったイガヌが画面に映し出される。

「人類の敵と思われたイガヌは、たった数ヶ月で、食糧難に苦しむ人々を助ける救世主となりました」

再びナレーションが入り、続いてイガヌエネルギーを利用する発電所が映る。

「それだけではありません。イガヌは我々に大きな利益をもたらしてくれました。二〇二五年、イガヌから抽出された成分は安全で効率的なエネルギー源になりうることが発表され、二〇二九年に千葉《ちば》県に国内最初のイガヌ発電所が建設されました」

BGMがマイナー調へと変化する。

「しかし同年、恐れていた事態が起きたのです。十二年間、必ず十二月に降っていたイガヌが突然のストップ。それ以降、我々は降ってくるイガヌの姿を見ていません。そして政府は苦渋の決断をせざるをえなかったのです」

法律に詳しいという専門家が、来年二〇三六年の元日から施行されるイガヌエネルギー安定供給および摂食禁止に関する法律について解説する。それを見て、乃亜が「電気なんかなくてもいいから、イガヌ食べたいんですけどー」とつまらなそうに言った。

「電気なくても生きていけるけど、食べないと生きていけないじゃんねー」

「ママは電気がないと困るわ。家事のほとんどを機械にお願いしてるのよ。今さら全部の家事をしていたら忙しくて死んでしまうわ。食べるものは他にいくらでもあるから、イガヌの禁止はしょうがないことなのよ」

こういったよくあるであろう一般家庭の会話が美鈴にとっては新鮮だった。

「でもイガヌよりおいしくないもーん。だよね美鈴」

「うん。そうだね」

美鈴は残りのイガヌを口に含み、最後の幸せに浸ろうとしたけれど、携帯が鳴ったせいで長くは楽しめなかった。

着信は母からだった。どのような態度で接するべきか迷いつつも、とりあえず電話に出る。

「もしもし」

「美鈴⁉」

母はなぜか息切れしていて、声は慌ただしかった。

「そうだけど、なに」

「おじいさまが倒れたの」

＊

美鈴へ。

私が口下手なせいで、直接顔を合わせたところでまともな話にならないだろう。ゆえに手紙に私の思いを認《したた》めることにした。幾分か理解してくれたなら、私は嬉しい。

美鈴が、私がイガヌを食べない理由を探っていたことは知っている。いろいろな輩《やから》が適当なことを言ったそうだが、どれもこれも的外れであろう。イガヌで一儲《ひともう》けを狙って失敗した仲間はたくさんいたが、そんなことは私の人生になんの影響も及ぼしはしない。美鈴のおばあさん、つまり私の妻が肺がんになったのはイガヌが原因とも思っていない。ただ運が悪かっただけだ。奇《く》しくも私も同じ病に罹《かか》っているが、それについては遅かれ早かれ知ることになろう。

話が逸《そ》れてしまったが、私がイガヌを食べない理由はこのあいだも話したように、嫌いだからだ。

人類がイガヌを食べることによって、かつて私たちが好んでいた食事が消滅してしまうことを私は危惧《きぐ》している。

イガヌの普及によって、私の愛していた食事の多くが食べにくくなってしまった。当時安価だった野菜、魚、肉は十倍以上の値段になり、もう生産されなくなった食品もたくさんある。

ひとつ例をあげよう。かつて勝間南瓜《こつまなんきん》という大阪の伝統野菜があったのだが、私と妻はこの勝間南瓜の煮物が大好きだった。しかし私たちが幼かった頃から流通量の少ないこの南瓜を手にいれるのはとても容易なことではなかった。そこで私と妻は、この勝間南瓜を食べる日を決めることにした。私たち二人の誕生日、正月、そして子供たちの誕生日だ。

その日以外には決して勝間南瓜を食べてはいけない。反対にそれらの日は絶対食べるように決めたのだ。珍しい食材ゆえに見つからない日もあるが、それでもどうにか探し出した。ようやく見つけた農家の主人と、直接交渉したこともあった。

その甲斐《かい》もあって、私は今でもこの勝間南瓜を食べた全ての日々を覚えている。幼かったので覚えていないだろうが、美鈴も私と一緒に食べていたのだ。

しかしイガヌが降ってきて以来、伝統野菜を育てていた農家は全て潰《つぶ》れてしまった。もちろん、勝間南瓜の農家もだ。

このような目にあった食材が他にも山のようにある。

誤解のないように書くが、勝間南瓜を食べられなくなっただけでイガヌを憎んでいるわけではない。

うまいイガヌを食べて、それの虜《とりこ》になり、かつて好きだった料理も忘れ、全部の食卓の記憶がイガヌで上塗りされてしまうことを恐れているのだ。

死期が近い私は今まで以上に一皿一皿の料理を大切に食したいと思っている。先日美鈴と食べた筑前煮の味もアジフライの味も、私は永遠に忘れやしない。

少しは私の考えがわかってもらえただろうか。

人類は何万年も土から育ったものたち、土に根ざしたものたちを食してきた。そしてやがて我々も土に還《かえ》る。

人が食べてきたのは土なのだよ。空ではない。

美鈴がこれを読んだら私が南瓜《かぼちゃ》を煮てやろう。勝間南瓜ではないが、それに似たものを見つけてくる。

＊

手紙に涙がこぼれないよう、美鈴は両手で顔を覆った。

「美鈴、早くしなさい」

階下から母が声をかけた。制服に着替えた美鈴は祖父の手紙と数珠《じゅず》を持って下に下り、斎場へと向かった。

祖父と生前交流のあったらしい人々が徐々に集まり、皆一様に「ご愁傷様でした」と挨拶《あいさつ》をするが、なかには「誕生日なのに大変ね」と美鈴を慰める人もいた。葬儀はしめやかに執り行われ、式が終わると親族と親しい関係者たちだけがその場に残り、祖父との最後の対面をする。目を真っ赤にした両親に続いて、美鈴も棺《ひつぎ》に入った祖父の顔を覗き込んだ。

肌は白磁みたいに滑らかで、髭《ひげ》はいつもと同じく整っていた。鬼籍に入った祖父の顔を何回か見たけれど、その度に眠っているだけなのではと思う。今にも静かに目を開いて、何か人生における哲学を口にしそうな様子だった。

けれどそんなことはなかった。祖父はもうすでに遠い場所へ行ってしまっていて、身体を動かすことはもう二度とないのだ。

おじいちゃんの煮た南瓜が食べたい。

叶《かな》わぬ願いが美鈴のなかに募っていく。

優しい甘味と豊かな香り。ほくほくとした食感。

美鈴は忘れていた勝間南瓜の味を、祖父の手紙を読んで思い出した。あれほどやみつきになっていたイガヌよりも、今は祖父の作った南瓜の煮物の味を求めていた。

家出をしなければ食べられたのかな。そう思うと全身が絞られるような感覚になり、また涙がたまった。

祖父の危篤の報せにすぐさま病院へと向かったけれど、到着したときにはすでにこと切れていた。祖父は数年前から深刻な肺がんを患っていて、いつ死んでもおかしくない状態だったらしい。抗がん剤や放射線の治療を一切受けず、家族に伝えないというのは祖父の意向だった。普段通り過ごして息を引き取りたかったそうだ。料理などに気を遣われるのもいやだったんだと思う。いかにも祖父らしい考えだった。

通夜や葬儀の準備に追われ、美鈴は息つく暇もないまま今日を迎えた。今朝になってようやく机に置かれていた手紙を見つけた美鈴は、後悔と罪悪感でいっぱいになっていた。

終始粛々とした空気に包まれながら出棺、火葬を済ますと、列席者たちは精進落としへと移った。喪主の父が全員席に着いたのを確認して挨拶をすると、料理が運ばれてくる。

美鈴は目を疑った。刺身や焼かれた伊勢《いせ》エビ、蒸したアワビに軽く火の通った和牛、てんぷらに寿司《すし》といった豪華なラインナップに交じって、見覚えのあるアレが小皿にのっていた。

胃の奥がひとりでにぐるると鳴るので、美鈴は両手でお腹を強く押した。

戸惑いながらあたりを見回す。両親も親戚も祖父の関係者もためらいなく箸を取り、同席している僧侶《そうりょ》はすでにイガヌを口にしていた。追いかけるように父もイガヌを食べ、目を閉じて「んー、久しぶりだなー、やっぱりうまい」と噛み締めるように言った。隣にいる母も頬を紅潮させ、うっとりとしている。

「もう食べられないと思ってたよ」

「禁止になる前に食べられてよかったわね」

まるで祖父がいなくなったことを喜んでいるかのような笑顔で、皆イガヌを食していた。

「美鈴、食べないのか？　好きなんだろ？　今日で晴れて十八歳になったんだ。もうこそこそ食べなくたっていいんだぞ」

父の誘惑に負けないよう、美鈴は祖父の手紙を思い出す。脳内の血液が急速に巡り、体温が急激に上昇していった。

「おかしいよ」

皆が箸を止め、美鈴に視線を移した。

「おじいちゃんのお葬式だよ？　なんでおじいちゃんが嫌いなものを食べてるの。そんなの不謹慎だよ」

和やかだった空気は一変して静まり返った。その沈黙を破ったのは父だった。

「精進落としは列席者をねぎらう意味もあるんだ。皆が好きなものを提供して実際に喜んでもらっている。イガヌはこの場にふさわしい料理だろ？」

「でもおじいちゃんの葬儀だよ。ねぎらいよりもおじいちゃんを悼むのが普通でしょ」

数人から失笑が漏れた。

「そんなに興奮してどうする。たかがイガヌじゃないか」

わかってほしいと訴える声は、どんどん熱を帯びていく。

「なんでお父さんもお母さんも普通に食べてるの？　食べたことないんじゃないの？」

二人は顔を見合わせ、「イガヌが降ってきた頃はよく食べたよ。美鈴みたいにおじいちゃんに怒られながらもね」と微笑んだ。

美鈴はもう感情をコントロールできなくなっていた。

立ち上がって大声で「ばかじゃないの！」と叫ぶ。長テーブルを力任せにひっくり返すと、繊細に盛り付けられていた料理が宙を舞った。

「あんたたちなんかにおじいちゃんの死を悲しんでほしくない！　おじいちゃんだってそう思ってる！　人の気持ちのわからない最低なあんたたちなんか、とっとと出てってよ」

父に頬を叩《たた》かれたけれど、美鈴の意思はなにも変わらなかった。

「謝りなさい」

母は二人の間に入ろうとするものの、気圧《けお》されてか動けずにいる。

「いや。私は間違ってない」

「謝りなさい！」

美鈴の怒りは頂点に達し、もう一度「ばか！」と叫んで、皆が唖然《あぜん》とするなか床に散らばった料理を踏みつけて出口へと向かう。気持ち悪い感触が足の裏から伝わるが無視して歩く。

「どこへ行くんだ！　帰ってきなさい」

振り返って父を睨《にら》む。その視界の隅に僧侶が映る。彼は皆が美鈴を見ているのをいいことにこっそりイガヌを拾って食べていた。

美鈴は走った。風を切ってどこまでも走った。この風に自分に付きまとうよごれのようなものが流されていけばいい。

景色は閑静な住宅街からいつしか人通りの多い市街地へと変わり、日はずいぶんと傾いていた。疲労が限界に近づいても美鈴は足を止めなかった。もう少しだけ両親たちのいる場所から離れたかった。足が動かなくなっても上半身の反動でどうにか進む。しかし身体は徐々にバランスを崩し、美鈴は足がもつれて地面に倒れ込んだ。再び立つ気力はもう残っていなかった。

あたりからクリスマスソングが聴こえる。大通りの並木は闇夜を背景に鮮やかなイルミネーションで彩られていて、無数の細やかな電球がまるで木々に集まる蛍のように灯《とも》っている。通りがかった人々は楽しげにそれを眺めたり写真を撮ったりしていて、何人かは赤い衣装と帽子を身につけてサンタの格好をしていた。

街の華やかさは美鈴を悲しくさせ、浮かれたざわめきは虚《むな》しくさせた。

やがて空から白い雪が舞い降りてくる。地面に解けて液体に変わるのと同時に、涙が冷えたアスファルトに染みていった。

座ってうなだれる美鈴の背中に、ぴたっと何かが当たった。

振り向くと、そこに落ちていたのはイガヌだった。三つの眼球をぐるぐると回しながら「いがぬ、いがぬ」と鳴いている。

驚く間もなく次のイガヌが美鈴にぶつかった。

「イガヌだぁ！　イガヌが降ってきたぞぉ」

空を見上げると、降ってくる雪の向こうに大量のイガヌが目に入った。

賑《にぎ》やかだった街が途端に表情を変え、殺気立つ。

たった今までイルミネーションを眺めていた人も、撮影していた人も、サンタのコスプレをした人も、車を運転していた人たちも、道の端で寝ていたホームレスも、みんな一斉に車道に出て空に両手を突き出し、必死の形相で天からのプレゼントをキャッチしようとしている。

イルミネーションの灯《あか》りに照らされたイガヌがびたびたと落ちてくる。皆イガヌが身体にぶつかっても気にせず、目を細めてそれらを空中で捕獲しようと試みる。

その光景は先着順のバーゲンセールのようで、イガヌの出現が日常だった昔よりも荒々しく、無秩序だった。誰もがここぞとばかりに捕まえては、次々にカバンに詰めていく。

ホームレスはその場でイガヌの両足を引っ張り、裂いて、頭部を啜っている。

享楽的で下品な人々に美鈴はまた嫌気がさし、くたくたになった身体を再び動かして走り出した。しかしそんな美鈴をあざ笑うかのように、街にはイガヌの重たく甘い匂いが立ち込める。腕で鼻を覆いながら、降ってくるイガヌを払い、踏みつけ、一心不乱に走り続けた。

家の前につくと、父と母が必死にイガヌをポリ袋に詰めていた。玄関はイガヌで埋もれている。それらをかきわけ、美鈴は家のなかに入り、自分の部屋に向かった。

呼吸を落ち着かせようとベッドに寝転ぶ。しかし外に降るイガヌの音と鳴き声がうるさく、美鈴はまた苛立《いらだ》った。

毛布に包《くる》まり、音が聞こえないよう丸くなる。それでもまだイガヌの音は聞こえた。美鈴は布団から出てピアノの前に座る。楽譜を手に取り、素早くページをめくっていく。この喧騒《けんそう》をかき消す激しい曲がいい。

美鈴はショパンの「革命」を選んだ。指先を俊敏に操り、次々に鍵盤を叩いていく。しかし祖母の顔が浮かばない。あの穏やかな笑顔を思い出そうとしても、イガヌの顔ばかりが脳裏に焼きついていた。

フラストレーションを爆発させるように、美鈴は、強く、激しく、何もかもを振り切るようにピアノを演奏し続けた。

カーテンの隙間から漏れる煌々《こうこう》とした朝日に美鈴は我に返った。何時間も鍵盤を叩き続けたため、指先や手首がじんじんする。

少しの期待を寄せて、ドアの方を振り向く。もしかしたらあの時みたいに、祖父がドアにもたれて本を読んでいるかもしれない。

しかしそんなことがあるわけもなく、美鈴は明るくなった窓へと近づいた。

イガヌが降る音や鳴き声はもう聞こえなかった。カーテンを開くと、窓の外はいつもとなにも変わらなかった。道に積もっていたイガヌは少しも残っておらず、街はいつも以上に綺麗に清掃されている。

昨日のあれは夢？　幻覚？

そう思って窓を開けると、イガヌの臭気が部屋の中に流れ込んできた。

思わず口内に唾液《だえき》が溢れ出る。

不潔な気がして、美鈴は口のなかの水分をティッシュで吸い取った。

急いで窓を閉めようとしてサッシに指をかけたとき、外でズ、ズズッとなにかを引きずるような音がした。窓から顔を出して周囲を見回す。真上を見ると、屋根から滑って縁《へり》に引っかかった一匹のイガヌと目が合った。

三つの巨大な眼球に自分の顔が映る。その表情はまるでもの欲しそうな子供のようだった。

またも唾液が滲む。見つめ合ったまま、美鈴はごくりと喉を鳴らした。

インターセプト

キックオフ

「ふぅー」と、大きく息を吐きながら俺はテラスへの扉を開いた。あくまでも疲れて一服しようと外に出てきた、という風情で。それから「あっ」と中村安未果《なかむらあみか》の方を見る。たった今彼女がいたことに気づいた、というニュアンスで。

中村安未果はラインストーンでキラキラにデコレーションされたスマートフォンをいじりながら俺に一礼して、微笑んだ。

「タバコ吸っていいかな？」

「どうぞ」

俺はスーツの上着を脱いで彼女の座っているテーブルの隣の席に腰を下ろし、おもむろにタバコに火をつける。

「最近はどう？　仕事順調？」

まずは目を見ずに話しかける。たまたまそこに居合わせ、仕方なく場をつないでいるだけだ、と相手に認識させるために。

「はい、なんとか」

彼女の口角は常に柔らかく上がっていたが、それは明らかに愛想笑いだった。そもそも彼女は俺を見ているようで見ていない。

はっきり言って彼女は俺のタイプではない。少女漫画に出てきそうないたいけなルックスもそうだが、そのガキっぽい印象からは想像できないほど仕事をそつなくこなし、一見社交的に思えるものの実際は適当な距離を置いて人とコミュニケーションをとるという在り方は、俺としてはやりにくいことの方が多かった。なんというか、腹の底がまったく見えないのだ。

しかしそう思っていたのは俺だけのようで、同僚の多くは彼女に本気で惚《ほ》れ込み、あの手この手で彼女を口説き落とそうとした。結果は皆一様に撃沈で、誰かが振られる度に彼女は女性としての価値を少しずつ高めていった。今では孤高のマドンナというポジションを不動のものにしている。

そんな光景を見続けているうちに、俺は彼女に対して興味が湧いた。彼女というより、彼女の地位にだ。彼女を口説き落とすことができれば、俺は難攻不落の要塞《ようさい》を落としたヒーローになれる。その優越感のうまみたるや、想像するだけで垂涎《すいぜん》だった。

だから俺は彼女を口説くことにした。

今日はそれにもってこいの機会だ。結婚式というのは往々にしてパートナーのいない女性たちの羨望《せんぼう》や嫉妬《しっと》という感情をざわつかせる。彼女も例外ではないだろう。同僚の新郎には悪いが、俺はこの二次会で中村安未果という牙城《がじょう》を崩すことしか考えていなかった。

振り向くとガラス窓の向こうでさきほどまで話していた同僚たちが下品な笑みを浮かべてこちらを見ていたので、俺はわざとらしく首をかしげて感触の悪さをアピールした。

どいつもこいつも、まるで腐肉に群がるジャッカルのような面だ。

俺は彼女に振られた同僚や部下たちに「中村安未果を口説き落とす」と宣言し、「もしできなければ好きな飯をおごってやる」と大口を叩《たた》いてから、中村安未果のいるこのテラスへとやってきた。俺には勝算しかなかった。

異性との駆け引きはアメフトとよく似ている。相手の出方を見てランを選択するかパスを選択するか。ベストな判断を瞬時に下せるかどうかでその後の展開は大きく変わる。

タバコを口にしたまま、彼女の手指を横目で覗《のぞ》く。細くしなやかな指の先を派手にきめているかと思いきや、季節感のある春らしいピンクベージュのフレンチネイルで、左の薬指だけに数粒のラインストーンが施されている。会社ではネイルをしているところを見たことがないので、今日のためにわざわざしつらえたのだろう。

「中村さんの爪、きれいだね」

少し距離を縮めてみようと試みる。さりげない調子でそう言うと中村安未果はスマートフォンをいじる指を止め、いつもの調子で「ありがとうございます」と返した。

褒めたときの反応で、相手が自分のことをどう思っているかはある程度判別できる。現時点で俺の印象は良しでも悪しでもなく無だ。ただの上司ってところか。

ここから良しの方へ傾けてやる。俺は脳内で、独学で学んできた行動心理学のノートを開いた。

「それ、何？」

あえて「その飲み物は何？」とは尋ねず、テーブルにある三分の二ほど空になったグラスを指差すと、中村安未果は俺と指先を見て「ディタグレープフルーツです」と答えた。ひとまず彼女の視線をこっちに向けさせることには成功した。

俺はまだ数ミリしか吸っていないタバコを灰皿に押し付け、「もらってきてあげるよ、俺の飲み物もないし」と言って立ち上がる。

「あ、大丈夫です。自分で行きますから」「いいからいいから。そこに座ってて」「いや、でも」「ひとつもふたつも変わんないからさ、ね」

テラスから店内に戻るため扉を開けると、騒がしい声とBGMが外へ溢《あふ》れる。生温《なまぬる》い空気を裂いてバーカウンターへと歩いた。

「どうっすか、中村」

にやにやとこっちを見ていた部下の一人が話しかけてきた。

「噂通り厳しいな、これは」

「ですよねー」

しかしこの間にも俺は作戦を実行している。

バーテンダーにディタグレープフルーツと自分用のロングアイランド・アイスティーを注文した側で、後輩たちが「あの子、なんであんなにガード堅いんすかね？　お嬢様だから？」「本当のところ男性恐怖症って噂もありますよ」「その割には話しかけたら答えてくれるけど」「レズビアンなんじゃないすか」「俺もう寿司《すし》を食べる胃になってきた」などと話している。店の奥では披露宴でも映写された、同僚と新婦の半生を追う写真がスライドショーでスクリーンに流れていた。

「もう少し頑張ってみるわ」

そう言って俺は二つのドリンクを手にし、中村安未果のもとへと戻った。

「はい、どうぞ」

彼女が持ちやすい位置にグラスを置いてあげる。

「すみません、わざわざ持ってきてくださって」

作戦通り、他人から何か与えられると自分も何か返さなければいけないという心理——好意の返報性という——が多少働いたらしい。

俺は再び座るタイミングで、気づかれない程度に椅子を彼女の近くへ少しずらし、次の作戦に出る。

「中村さんって本当はこの職場を嫌だって思ってない？」

「え？　どうしてですか？」

「なんとなく皆と距離をとって仕事しているように見えるからさ。親しい人がいるようにも見えないし。もし嫌なこと、悩んでることがあって、相談できる人がいないなら、俺でよければ聞くよ？」

別に理解ある上司を気取っているわけではない。今度はカタルシス効果と呼ばれる心理を応用したテクニックだ。ポジティブなことを話させるよりもネガティブなことを話させることによってストレスが解消され、心の緊張がほぐれるという精神医学でもよく使われる技術を、俺は仕事や恋愛でも活用している。

「いえ、とくにありません」

中村安未果の態度はドリンクを取りに行く前とちっとも変わらなかった。困った。初歩的な恋愛テクニックとはいえ、彼女のディフェンスはなかなか厚い。いつもならこのあたりで、好ましい反応があるものなのだが。

「なら俺に不満はある？　はっきり言ってよ。いい機会だから」

再び目が合う。それも長く。

彼女の瞳《ひとみ》は相変わらず冷めきったブラックコーヒーのようだった。しかし俺は負けじと、温かいミルクティーのような眼差しを彼女に向け続ける。

「あるとすれば、今ここでわたしを口説こうとしているところですかね」

彼女の強烈なタックルに、俺は思わずボールを落としそうになる。

「男」ではなくあくまで「上司」というスタンスを心がけていたはずが、中村安未果には全てお見通しだったというわけか。苦肉の策で「そんな風に思われちゃ、これから仕事しにくくなっちゃうな」とばつが悪そうに顔を歪《ゆが》めてみる。

「新婚の上司が部下の女性社員に手を出そうとするのって、コンプライアンス的にどうなんでしょうね」

彼女はまだ随分と残っているグラスの中身をごくごくと一気に飲み干し、クラッチバッグを持って席を立った。

「今日のことはお酒の席のジョークとして大目に見ますので、どうぞお気遣いなく」

去っていく彼女にはいっさい迷いがなかった。完敗を認めるとともに、どうにもならない悔しさが込み上げてくる。

女に振られたことくらいで業腹になるほどガキじゃないが、なめられて見下されるのはまっぴらだ。さらに腹が立つのは、手に入らなかったせいかさきほどよりも中村安未果がいい女に思えてしまったことだ。

しかしどうしようもない。とにかく俺は冷静になってこの胸糞《むなくそ》の悪さをどうにか落ち着けなきゃならない。ロングアイランド・アイスティーを飲むと入り混じった様々なリキュールが浸《し》みてくる。

潔く引き下がるのも男の美学だ。部下のところへ行って寿司の日程を決めるとするか。

飲みかけのグラスを持って店内に戻ろうとしたとき、中村安未果が座っていた席に何かが置いてあることに気がついた。さきほどまで彼女がいじっていたスマートフォンだ。きっと取りに戻ってくるだろうからそのままにしても構わない。それにこれを届けて彼女が変に誤解すると、いよいよ今後の仕事に悪影響を及ぼしかねない。コンプライアンスという言葉も引っかかる。

しかし一方で、スマートフォンを渡すという行為を通じて何か新たな会話の糸口が見つかる可能性もある。

どうする、俺。ギャンブルに出るか？

しばし悩んだが、俺はついに彼女のスマートフォンを持ち、店内に戻って中村安未果の姿を捜した。彼女は新しいグラスを手に、バーカウンターから少し離れた場所で新郎新婦のスライドショーを所在なげに見ていた。

俺は部下たちの視線に目もくれず、まっすぐ彼女のもとへ歩いた。そして少し驚かせるように彼女の肩を叩くと、彼女は案の定怪訝《けげん》な表情で俺の方へ振り向いた。

俺はまたも彼女に微笑み、スマートフォンを差し出した。彼女は小さく「あっ」という声を漏らし、「ありがとうございます」と俯《うつむ》き加減で言った。形勢逆転のいい兆しだ。

スマートフォンを受け取ろうと、彼女がすっと手を伸ばしてくる。受け渡す瞬間、画面がパッと明るくなった。

「中村さん、ピッツバーグ・スティーラーズ好きなの⁉」

彼女の待ち受け画面には俺が愛してやまないアメフトチームのロゴが表示されていた。

「はい。昔から応援しています」

「うそ⁉ 俺もなんだよ！」

そう言って俺は自分のスマートフォンを出して裏返し、ケースの裏面に印刷されたスティーラーズのロゴを彼女に見せる。

「これわたしも持ってます、ただ機種が合わないから使えなくて残念なんです」

初めて中村安未果の素直な笑顔を見た気がする。

「今まで会ったことないよ、女性でアメフト好きで、しかもピッツバーグ・スティーラーズのファンなんて！」

「わたしの周りにもスティーラーズどころかアメフト好きな人すらいません」

「俺中学から大学までがっつりアメフトやっててさ。身体壊さなければ社会人でもやるつもりだったんだ」

「だから林《はやし》さんって身体大きかったんですね。わたしはたまたまテレビで２００８年度のスーパーボウル制覇を観たのがきっかけでした。残り三十五秒で逆転タッチダウンしたあの試合にとても感動したんです」

「俺その試合生で観に行ってたよ！」

「本当ですか⁉」

　自然と会話が弾む。とてもいい傾向だった。それにただ会話が続いているだけではない。ここには類似性の法則――同じ価値観を持つ人間に人は親近感を抱きやすい。これはとても重要なことだ――が作用している。やはりギャンブルに出て正解だった！

「最近はスーパーボウルに出場する機会に恵まれませんけど、トロイ・ポラマルがいるスティーラーズは復活してくれると信じてます」

「ベン・ロスリスバーガーも二回目の５００パスヤードを達成して、まだまだ絶好調って感じだしね」

「でもあの人素行が悪いから嫌いです」

選手のプライベートも把握している彼女に、俺は思わず噴き出してしまった。

「何か飲みます？　わたし持ってきますよ」

ほら、返報が来た。

「いいよ、自分で持ってくるから」「いえ、さきほど持ってきていただきましたから」

「じゃあ一緒に来てもらえるかな。カクテルを待つ間ひまなんだ」

数分前よりは状況が好転したものの、バーカウンターまで行く二人の距離はまだ微妙に遠い。次にすべきはパーソナルスペースを詰めることだろう。

「ロングアイランド・アイスティーをひとつ」

バーテンダーがラム、ウオッカ、ジン、テキーラ、グランマルニエを氷の入ったコリンズグラスに注いでいくのを眺めながら、俺たちはアメフトの話を続けた。中村安未果は十も年下だがアメフトの知識は俺に引けをとらず、チームの黄金期を築きあげた名ヘッドコーチ、チャック・ノル時代から現行のマイク・トムリン時代までを完璧《かんぺき》に知り尽くしていて、驚かずにはいられなかった。

「そういう性格なんです。なにかにはまるとそればかり追いかけてしまって」

「素晴らしいことだと思うよ。ある程度なんでも知ってる人が評価されやすい時代だけど、それって凡才以上秀才未満で、俺はつまらないと思う。よくオタクとかバカにされがちだけど、そういう人たちの熱量ってハンパないよ。あの温度が仕事に向いたら俺たちなんかあっという間に抜かされてしまう。中村さんはその熱量の種みたいなものを持ってると思う。君はきっと天才肌なんだよ」

彼女は何も言わなかった。首元がほんのり紅《あか》くなっているのは、さきほど一気飲みしたせいだけではないだろう。

彼女のグラスにできあがった俺のグラスを重ね、「ピッツバーグ・スティーラーズに」と言って乾杯をした。

「ロングアイランド・アイスティー、お好きなんですか？」

彼女からの初めての質問だ。

「あぁ、これ四十年位前にできた割と最近のカクテルなんだけど、紅茶をいっさい使わずに見た目と味を紅茶に近づけたカクテルなんだ。なにそれって思わない？　だったら紅茶のリキュール飲めよって。ティフィンとかもあるのに。なんかそのむちゃくちゃな考えが好きでさ。もちろん味も好きなんだけどね」

質問にあっさり返しても物足りないかと思い、ちょっとした雑学を入れてみたが、彼女はきょとんとしていた。俺はうっかり喋《しゃべ》りすぎてしまったかもしれない。

しかし中村安未果の強張《こわば》りはすぐに解けてくすりと笑みを零《こぼ》し、「林さんって変わってますね」と俺に言った。

「君こそ変わっているよ。俺が想像していた女性とは違ったみたいだ」

「どんなわたしを想像してたんですか？」

彼女は気軽にそう尋ねたようだが、そのフレーズは俺を妙に欲情させた。しかしここで焦ってはいけない。慎重に駆け引きを楽しもうじゃないか。

「少なくともアメフト好きのイメージはなかったな。どっちかというと買い物が趣味でときどきアイドルのライブに行くような、そんな女の子だと思ってた」

「よく言われます」

グラスに触れる彼女の柔らかな花唇に目を奪われるも、俺はここからの展開を考える。先の会話に発展性が見えない場合、俺は経験則に基づいて何かアクションを起こすことにしている。

「そういえば俺さ」

グラスをテーブルに置き、ポケットからスマートフォンを取り出して画像を開く。

「見てこれ、すごいでしょ？」

俺が画面を彼女の方へ向けると、少し離れた位置から見ようとした中村安未果は目を細めて上半身を寄せてきた。

「もしかしてこれって……アントニオ・ブラウンですか!?」

「そう！　ツーショット！　一度ピッツバーグに遊びにいったことがあるんだけど、そこで偶然会ってさ！　撮ってもらったんだよ!!」

「え！　すごすぎです！」

そう言って彼女が画面を覗き込んだ瞬間、大仰な物音が響き渡り、賑《にぎ》やかだった店内は急速に静まった。それまではしゃいでいたやつらの視線が一斉に俺たち二人に集まる。

彼女の肘《ひじ》にぶつかって落下したグラスは床の上でこなごなになり、残っていたアルコールと氷が中村安未果の足元に散らかった。

「大丈夫？」

俺はすぐに胸ポケットからハンカチを抜き、しゃがみ込んで彼女にケガがないかチェックする。彼女が「すみません、大丈夫です」と後ずさりをしたので、「ヒール、拭《ふ》きなよ。これ使っていいから」と俺は上目遣いで見た。

「いえ、平気です。申し訳ないので……」

「いいから使ってよ」

戸惑いながらも彼女はハンカチを受け取り、ドレスの裾《すそ》を押さえて屈《かが》み込んだ。彼女が足元を拭き終わるのを、俺もしゃがんだまま隣で待った。

「あの、これ、洗って返しますね」

「いいんだよ、俺があんな端にドリンクを置いたのがいけなかったんだし」

「いえ、本当にわたしの不注意で――」

「本当にいいから」

　ためらいつつ差し出されたハンカチを、俺は受け取ってパンツのポケットに押し込んだ。

「ここにいると、かくれんぼしてた時を思い出さない？」

バーカウンターの下に収まる俺たちは確かにそんな感じで、無邪気な子供のようだった。作戦の成功で俺にも余裕が出てきたようだ。

気づけば俺と中村安未果は膝《ひざ》同士が触れそうな距離にいた。俺は彼女のパーソナルスペースへスムーズに侵入したのだ。

ついさっきまで数メートルの距離があった俺たちは、これほどまでに接近していた。

ふと店の奥で拍手や歓声、指笛が鳴った。新郎と新婦が何かの余興の流れでキスをさせられたらしい。彼らのお惚気《のろけ》に便乗して俺ももう少し攻めてみる。

「もしよかったら、もう少し静かな場所で飲まない？」

そう言いかけたとき、彼女が突然「きゃぁっ」と悲鳴を上げ、両手で顔を覆ってうずくまってしまった。ドレスの裾が手から離れて濡《ぬ》れた床にひらりと触れる。

「どうしたの？」と声をかけたが彼女は小刻みに震えるばかりで、とりあえず俺は彼女をさすろうと背中に手をあてる。

するとと彼女はびくっと反応し、突然立ち上がってトイレの方に駆けていってしまった。

呆然《ぼうぜん》とせざるをえなかった。俺は何かしでかしたか？　ここまで良好だったはずの手順に間違いが？　それとも彼女は本当に男性恐怖症とか。

立ち尽くしていると「お客様、大丈夫ですか？」とホウキを持った店員――散らばったガラスを処理するつもりだったのだろう――に話しかけられた。居心地の悪い俺は「大丈夫です」と足早にそこを去る。

トイレの前で中村安未果を待ちながら、俺は次の手を考える。

しかしどう深読みしてもこの状況から何かを汲《く》み取ることは困難だった。ヒントのない難題は手をつけずに置いておくべきだ。とにかく彼女が出てくるまで俺はここから動かないでいることにした。

もどかしさは次第に苛立《いらだ》ちに変わる。リードするのは俺でなければならないはずなのに、いつのまにか俺の方が翻弄《ほんろう》されている。

ここまで振り回されたのだ。俺は絶対にあの女を落としてみせる。

早く出てこい中村安未果。時間が経つとせっかく詰まったパーソナルスペースがちゃらになってしまう。

しかし彼女が出てきたのは、二十分ほど経って幹事が三次会の店の地図を配り始めた頃だった。彼女の瞳は充血し、鼻は赤らんでいて、どうやらトイレで泣いていたようだった。

「すみません」

彼女は俯いて自分の頬に指をあてた。

「いいんだよ。気にしなくて」

「もしよかったら、家まで送っていただけませんか」

思いもよらぬ言葉に疲れは一気に吹き飛んだが、俺は平静を装いつつ「かまわないよ」と誠実に答えてみせる。

同僚たちが向かう方面とは別の出口から外へ出て、新歓コンパ帰りらしい大学生らがやかましく騒ぐのを無視しながら、俺たちはタクシーが通りそうな場所へと歩を進めた。

さりげなく彼女の肉体に目をやる。路地の街灯が彼女の露出した部分をやさしく照らす。くっきりした鎖骨や首筋がひどく艶《なま》めかしい。濡れてしまったドレスの生地が彼女の太腿《ふともも》に張り付くのもまたセクシーだった。

会話をほとんどしないまま歩いていたが、ふいに彼女が口火を切る。

「仕事の悩みじゃないんですけど、聞いてもらえますか」

ここにきてカタルシス効果を期待できるとは。

「もちろんだよ」

俺は彼女の話に耳を貸しつつ、通りかかったタクシーを手を挙げて止めた。彼女を先に乗せてから俺も乗り込み、運転手に行き先を告げるよう中村安未果に視線を送る。彼女が告げた交差点は俺の自宅から徒歩圏内だったが、自宅＝家族の存在を思わせるのはあまり得策ではないだろうと、俺はあえて触れずに話の続きを促した。

「実はストーカーにあってるんです」

想定の範囲になかった言葉だが、俺はしばらく沈黙を続けて様子を窺《うかが》うことにした。

「自宅の窓から外を見るとときどき人影があったり、ゴミが漁《あさ》られていたり、ポストに変なものを入れられたり……引っ越そうと思っていたら、こないだいきなり後ろから知らない人に抱きつかれて。顔は見えなかったんですけど、それ以来男の人に後ろに立たれると本当に怖くて震えるようになってしまって。さっきも人の気配を感じて……それで驚いちゃって」

掃除に来た店員のことか。

「だからって、送ってほしいなんて図々《ずうずう》しくお願いしてすみませんでした。皆さん三次会に行かれたようなのに」

「気にしなくていいよ」

そういえば似たようなことを妻が話していた。結婚してすぐの頃、ときどき変な人がうちのまわりをうろついているから防犯対策を強化したいと言って鍵《かぎ》を換えたり、ホームセキュリティ会社と契約したりした。

「俺も別の人からあのあたりで、不審者が出たと聞いたことがあるよ。もしかしたら同じやつかもしれない」

「そうなんですか」

中村安未果の潤んだ目元は夜露に濡れた萌芽《ほうが》を思わせた。

俺は紳士を装いながら、あとどれくらいのアクションでこの女を手中に収めることができるのか、そればかりを考えていた。目的地まではおよそ十五分。思いのほか時間がない。ここで畳み掛けなければ俺は不完全燃焼の夜を迎えることになる。

彼女が髪を耳にかけたタイミングで、俺は前髪を軽く横に分けた。

突如、タクシーがクラクションを鳴らして急停止する。正面を見ると信号無視をしたバイクが逃げるように去っていくのが見えた。

「すみません、お客さん」

謝る運転手を俺は表彰したい気分だった。

「大丈夫？」

「はい」

彼女を見ると、鼻梁《びりょう》にじんわりと皮脂が滲《にじ》んでいた。

ここにきての思いがけない吊《つ》り橋効果はかなり効き目がある。勝利まであと一歩だ。

中村安未果が最終的にタクシーを停めた場所は交差点からすぐの、このあたりでは有名な高級マンションだった。名家のお嬢様という噂は本当らしい。しかし俺は何食わぬ顔をして支払いを済ませ、彼女をエントランスまで送り届けた。

さて、おそらく次の会話がラストチャンスだ。ここまできてデッドになってしまっては全てが水の泡になる。俺は慎重に彼女との会話を進めた。

「本当にありがとうございました。なんと言っていいか」

「不安や悩みがあるならいつでも聞くよ。俺でよければね」

「いえ、もうこれ以上林さんには迷惑をかけません。奥様に誤解されるといけませんから」

おっと、そうきたか。ここで妻の話題を持ち出すとは。牽制《けんせい》のつもりだろうか。

しかし彼女の左側の顔が一瞬ぎこちなく歪むのを俺は見逃さなかった。人間の感情、本音は顔の左側に色濃く出ると言われている。

つまりこの言葉は本心ではない。

「あぁ、その通りだね」

俺はあえて突き放すパターンを選ぶ。

「また、会社で」

不安になれ。素直になれ。

「じゃあね」

手を振り、踵《きびす》を返す。

俺の予想が正しければ、彼女はここできっと言う。

「あの」

ほら、来た。

「よかったらうちでお茶かコーヒーでも飲んで行きませんか」

俺は振り返って数メートルの距離からじっと、長すぎるほどに彼女を見つめる。そして中村安未果のもとへ近づき、そっと腰へ手を回す。彼女は嫌がることなくそれを受け入れ、俺たちはエントランスのドアを潜り、エレベーターに乗り込んだ。


目を覚ましても中村安未果はまだ一糸纏《まと》わぬ姿で俺の胸の内にいた。

彼女の身体を貪《むさぼ》るあいだ頭に浮かんだのは、満員の観客がテリブルタオルを振り回す光景——ピッツバーグ・スティーラーズのファンはテリブルタオルと呼ばれる黄色いタオルを振り回して応援する——だった。俺はまるでスティーラーズの一員になった気分だった。

カーテンの向こうはほんのりと明るくなっていた。

彼女を起こさないようにベッドから抜け出し、床で丸まっているパンツを穿《は》いて、静かに寝室を出る。この家に入ってすぐにセックスを始めてしまったせいで、適当にドアを開けて探すものの、トイレが見つからない。一人暮らしにしては広すぎる家で迷子になった俺が次に開けた部屋もまたトイレではなかった。

再びドアを閉めようとしたが、俺はその部屋にどことなく違和感を覚えた。

電気をつけて八畳ほどの部屋を見渡す。壁一面は本棚に覆われ、中央にはPCが置かれたデスクがあった。

本棚に寄って並んでいる書籍を眺める。漫画や小説、それにアメフトの入門書や解説本、行動心理学に関する新書の数々。

デスクへ近づくと、ボールペンや万年筆、カッターなどが無秩序に挿さったペン立てがあった。

俺以外の人間は、女性にしては男っぽい部屋くらいにしか思わないだろう。しかし俺にはそうじゃない。

なぜかここにある全てのものに見覚えがある。

いまだかつて味わったことのない不鮮明な恐怖が俺を縛り上げていく。

背中に柔らかな乳房を感じ、俺は思わず声を上げた。抱きつかれたまま振り返ると、中村安未果が満面の笑みで俺を見上げている。

「わたしのことは捨てないでね」

その向こうで部屋のドアがゆっくりと閉じていく。パタン、と音がしたその扉にはポスターサイズの写真が貼られている。それは2008年度、スーパーボウルが開催されたスタジアムでテリブルタオルを振り回す俺の切り抜きだった。

ターンオーバー

わたしの作戦はなかなかうまくいかなくて、林さんは今日も話しかけてきてくれません。せっかく可愛いドレスを着て髪もセットしてもらったっていうのに。大して世話にもなってない上司の結婚式にわざわざわたしが足を運んだのは新郎を祝福するためではなくて、林さんに会うため。でも今夜も距離を縮めるチャンスはないかもしれません。

二次会があまりにつまらないので、テラスに出て林さんのFacebookをチェックすることにしました。彼は頻繁に更新するのでわたしはそのチェックに余念がありません。彼の近況だけを読むのではなく、彼にいいね!をした人、コメントをした人もくまなく調べます。

ほら、すでに披露宴の写真をアップしてる。それにいいね!もたくさん。ひとつひとつ丹念に調べていると、「あっ」という彼の声が聞こえました。わたしはその声にすごくドキドキしたけど、いつものようにそっけなく彼を見て一礼します。

「タバコ吸っていいかな？」

「もちろん！　なんなら火をおつけします！」って言いたい気持ちを我慢して、わたしは彼に興味がない女を演じ、「どうぞ」と小さな声で言いました。

「最近はどう？　仕事順調？」

「はい、なんとか」

しばらくした後、林さんは「中村さんの爪、きれいだね」と言ってくれました。ネイルをしてきて大正解。でもハッピーを顔に出すのはまだ我慢。わたしは高嶺《たかね》の花になりきらなくちゃいけないのです。

「それ、何？」

彼が必死に言葉を選びながらわたしの視線を自分に向けさせようとしています。もしかしたらこの六年あまりの努力が報われる日は今日なのかもしれません。

わたしがカクテルの種類を告げると、彼は強引にグラスを持っておかわりを取りにいってくれました。わたしは彼が女性を口説くシーンを遠目から何度も見ていたのでわかるのですが、このパターンは好意の返報を求めるやり方です。わたしにそれを求めたのは初めてですけど。

戻ってきた彼が「中村さんって本当はこの職場を嫌だって思ってない？」と質問し

てきたとき、わたしは天にも昇る気持ちでした。だって彼がカタルシス効果をわたしに使うなんて、興味を持ってくれた証拠ですもの。

でも簡単になびくとわたしは他の女と一緒になっちゃう。替えのきかない唯一無二の存在にならなきゃ。

「いえ、とくにありません」

「なら俺に不満はある？　はっきり言ってよ。いい機会だから」

「あるとすれば、今ここでわたしを口説こうとしているところですかね。新婚の上司が部下の女性社員に手を出そうとするのって、コンプライアンス的にどうなんでしょうね。今日のことはお酒の席のジョークとして大目に見ますので、どうぞお気遣いなく」

わたしは不機嫌でガードの堅い女になりきり、そしてさりげなくスマートフォンを椅子に残して店内に戻りました。

わたしの作戦、うまくいくかな。

期待と不安で胸が張り裂けそうになりながら、彼が来ると信じて待ちます。

肩を叩かれて、わたしは思わず彼に抱きついてしまいそうになりました。けれどここでも我慢しなければなりません。緩んだ表情を不機嫌な表情に作り直し、振り向きます。わたしを見る彼はわざとらしく微笑んでいました。

正直そんな可愛い顔をするのはやめてほしいです。キュンキュンが止まらなくなっちゃいます。

おっと、油断は禁物です。彼が差し出したスマートフォンを受け取る瞬間。勝負の明暗はここで決まるといっても過言ではありません。

スマートフォンをキャッチした直後に、わたしはそっとホームボタンを押します。彼にぎりぎり見えるナチュラルな角度で。すると待ち受け画面が最高のタイミングで光りました。

このときばかりは彼も計算なしに喜んだのではないでしょうか。

「だから林さんって身体大きかったんですね。わたしはたまたまテレビで２００８年度のスーパーボウル制覇を観たのがきっかけでした。残り二十五秒で逆転タッチダウンしたあの試合にとても感動したんです」

「俺その試合生で観に行ってたよ！」

「本当ですか⁉」とは言ったけれど、もちろん知ってます。だってその日がわたしとあなたとの出会いですもの。

あの頃のわたしは文字通り最低でした。高校の三年間、鼻に付くという理由だけでほぼ毎日のように陰湿ないじめに遭い、それに耐えて過ごしていました。いじめられるだけなら構わなかったのですが、相談していた教師から「俺の言うことを聞かなかったらお前の内申を悪くしてやる」などと脅され、セクハラはエスカレートしていました。海外で仕事をしている両親に相談するタイミングもなく、わたしは本当にいつもひとりぼっちでした。

卒業まであと半年といったところでいじめは激化し、生理が完全にストップしました。不登校になっても、両親は「だったら行かなくていいよ」と言うだけでなにもしてくれません。わたしは家にこもり、観もしないテレビをつけっぱなしにしながらネットサーフィンばかりしていました。

二月になってすぐ、その日の朝もわたしはいつもと同じように過ごしていました。なぜかチャンネルはNHKのBS1になっていて、テレビ画面にはアメリカ最大の祭典スーパーボウルが映っていました。

その時のわたしはアメフトなどにまったく興味がありません。なんとなく、屈強な男たちが猛々《たけだけ》しい顔つきでぶつかり合う様をぼんやりと眺めていただけです。ただほんのすこしだけ気分が晴れるような気はしました。でもそれはあまり大したことではなかったのです。

わたしが目を奪われたのは、一瞬映った客席の男性でした。二十代半ばくらいだと思われるその人は、外国人に交じって叫びながら黄色いタオルをがむしゃらに振り回していました。特別顔がいいわけでもありません。爽《さわ》やかさもいまひとつです。でもなぜかわたしは彼のその姿を見て全身が弾《はじ》け飛ぶかと思うほどの衝撃を受けました。どのような言葉を探しても運命、以外に思いつきません。

残りの放送では彼ばかり探していました。試合が終わると再放送がないか確認し、夕方六時からまた同じ試合を観ました。録画もしました。その夜、子宮の奥がうんうんと唸《うな》るのを感じました。そして半年ぶりに生理がきました。

翌日、わたしは血眼でパソコンにかじりつき、どうにかネットから彼の情報を知り得ないかと、スーパーボウルを観戦した日本人を片っ端から探しました。そしてＦａｃｅｂｏｏｋに辿《たど》りついたのです。当時のＦａｃｅｂｏｏｋはアメリカではすでに爆発的な人気でしたが、日本ではそれほど普及していませんでした。けれど、トレンドに敏感な林さんはいち早く利用していました。

おかげでわたしは名前、生年月日、職業、学歴など彼の基本情報を全て知ることができました。スーパーボウルの観戦日記はアメフト用語ばかりの長文でさっぱりでしたが、彼の文章を読んでいるだけで胸が高鳴りました。

次の週からわたしは学校に通い、セクハラ教師を学年主任に突き出し、なんとか卒業しました。もともと大学受験をする気はありませんでしたが、林さんと同じ学校に通うため一年間浪人し、予備校に通って無事彼の母校に合格することができました。

大学生活はほとんど林さんを知ることだけに捧《ささ》げました。彼の生態をより詳しく学ぶため、わたしは彼の勤める会社まで行き、尾行して自宅をつきとめました。そして定期的に彼のマンションに寄り、ゴミ置場にゴミを出したのを確認するとそれを漁り、必要なものは持ち帰りました。最初の頃は何を食べたとか、どんな雑誌を読んだかくらいしか知ることができなかったのですが、年末になると大掃除で本や雑誌を大量に捨てるのでだんだんと彼の趣味嗜《し》好《こう》や性格を把握することができました。

彼は行動心理学を熱心に勉強していました。ただそういった書籍にはあたりはずれが大きいのか、読んだ形跡のないまま捨てられているものも少なくありませんでした。行動心理学に関連した書籍がだんだんと集まってくると、彼が大事にしている書籍がわかってくるようになります。だってレシートに印刷されているのに捨てられていないなら、それはお気に入りの本だからでしょ？

書籍以外に雑貨や家電などを持ち帰ることもありました。壊れている場合は修理に出して使うこともありました。彼が持っていたものを使っているというだけでわたしは満たされたのです。

そうしているうちに、わたしは父の口利きで林さんと同じ会社に内定をもらいました。けれど引っ越しの準備をしていたある日、林さんのＦａｃｅｂｏｏｋにわたしを絶望させる報告がありました。

「わたくしごとですが、本日入籍いたしました。」

　これまで交際相手の有無は記載されていませんでした。彼がコンパなどでちらほら女性にちょっかいを出しているのは遠くから見ていたので知っていましたが、結婚するほどのちゃんとした相手がいるのは知りませんでした。すぐさま女性の情報をＦａｃｅｂｏｏｋのリンクから調べます。どうやら出張先の福岡《ふくおか》で出会った人のようで、林さんが勤める会社と長年取り引きしているクライアントの社長令嬢でした。名誉欲の強い彼のことです。きっとステイタスに目が眩《くら》んでしまったのでしょう。

　それに彼女は彼の好みではなさそうでした。下品でおしゃべりで、林さんという人がいるのに韓流《かんりゅう》ドラマやアイドルにうつつを抜かしている。そんな二人の関係に運命などというロマンティックなものは感じ取れません。

　だからわたしは安心しました。彼はわたしと会えば目が覚めるにちがいないのです。だってわたしたちこそが運命で結ばれているのですから。

　それに結婚は大変な好機をもたらしてくれました。彼が一人暮らしをやめるにあたって大量にものを処分したのです。特にありがたかったのはアダルトビデオでした。彼がどのような性癖かを知るのにこれほど便利なものはありません。

　わたしは綿密に計画を練り直し、そしてついに彼のいる会社に入社する日がやってきました。まず、ゲインロスの法則を利用するよう努めました。簡単に言えばギャップです。最後に可愛いと思わせることから逆算して、わたしはまず彼の好みでない女性を演じることにしました。けれど決してモテないようにはしない。振る舞い、ファッション、仕草など、彼以外の男性が興味を持つよう仕向けるのです。繰り返しますが彼は名誉やトレンドに弱いですから。タイプじゃなくてもモテる女は気になるはずです。

そんな女性を彼の前で一年あまり演じた結果、やっと今日という日を迎えることができました。

「何か飲みます？　わたし持ってきますよ」

アメフトの何がおもしろいのか正直わからないけれど、わたしは彼に親近感を抱かせるため、林さんの好きなポイントをぺらぺらと並べていきます。恋愛心理でなにより大事なのは、一にも二にも類似性の法則ですから。

「——中村さんはその熱量の種みたいなものを持ってると思う。君はきっと天才肌なんだよ」

自分のやっていることが本当は気持ち悪いことかもしれない、人として間違っているかもしれない、そう思ったこともありました。けれど彼が褒めてくれたとき、わたしはこれでよかったんだと確信しました。彼のために頑張ってきて本当によかった。

「ロングアイランド・アイスティー、お好きなんですか？」

このあたりで初めて質問してあげると、彼も手応えを感じるはず。

「あぁ、これ四十年位前にできた――」

彼がどや顔でするロングアイランド・アイスティーの雑学もわたしは当然知っているけれど、聞いてあげます。彼が少し喋りすぎたかも、って顔をしていてとても可愛い。

「そういえば俺さ」

来た来た！　林さんの得意技、グラス落とし。わざと端っこに置くのなんてばればれなんだから。

わたしは期待に応えてグラスを落としてあげる。案の定林さんはハンカチをわたしに貸し、その流れでパーソナルスペースを詰めてきました。

すでに彼はわたしにかなり興味を持っています。でもこのままじゃまだ最上の女になれません。もっともっと彼を翻弄しないと。

店員が近づいてくるのを見計らってわたしは悲鳴を上げながらうずくまり、彼がわたしの背中に触れたのを感じてからトイレに逃げ込みました。

今は絶対に彼のペースに乗ってしまってはいけません。一筋縄ではいかないからこそ、どうにかしたいという欲望は膨らんでいくのです。

わたしはメンソールのリップクリームを取り出して目元にぐりぐりと塗りたくり、涙を誘発します。痛いですがこれくらいなんのそのです。

彼の苛立ちがピークを迎えたと思われるタイミングでわたしはトイレを出て、彼のもとへと近寄っていきます。

「すみません」

そう言うと彼は自分の耳をつまんだ——彼が疲れたときの癖です——ので、わたしは俯いて自分の頬に指をあて、ミラーリングしました。

相手の行為を真似ることで潜在意識に働きかけて好感を持たせるテクニックです。

「もしよかったら、家まで送っていただけませんか」

もちろん彼は断りっこありません。

彼はもう完全にわたしの手の中で転がされています。

わたしが彼にストーカーの相談をしたのは、か弱い女性を演出するためだけではありません。わたしはときどき、林さんにわざと自分の存在を気づかせるような痕跡《こんせき》を残していました。尾行の際に足音を大きく鳴らしたり、漁ったゴミをわざと散らばったままにしたり、ポストに変なものを入れたり。最後のは奥さんへの嫌がらせの意味もあるけど。

そんなことをしたのは全部類似性を作るために決まってます。ストーカーの悩みを共有できる人なんてそんなにいませんからね。

「俺も別の人からあのあたりで、不審者が出たと聞いたことがあるよ。もしかしたら同じやつかもしれない」

それ、わたしです！

「そうなんですか」

わたしが髪を耳にかけると、彼は前髪を横に分けてミラーリングしてきました。普通はなんとも思わないんだろうけど、わかっているとへたっぴで笑っちゃいそうです。うまいミラーリングは完全に真似するより少し変えた方がいいって、林さんが捨てた本に書いてあったのに。

思いがけない吊り橋効果もあいまって、わたしたちは完璧な運びで我が家までやってきました。

「本当にありがとうございました。なんと言っていいか」

「不安や悩みがあるならいつでも聞くよ。俺でよければね」

「いえ、もうこれ以上林さんには迷惑をかけません。奥様に誤解されるといけませんから」

不自然じゃない程度に左の顔を歪めて寂しげにしてみます。

「あぁ、その通りだね。また、会社で。じゃあね」

彼はわたしの心理を読み取ってやっぱり突き放してきました。

「あの」

別にどんな風に誘っても彼はうちに来るんだけど、おもしろいからやっちゃおうかな。ダブルバインド。

「よかったらうちでお茶かコーヒーでも飲んで行きませんか」

お茶かコーヒーっていう二択にすると、人は行かないって選択肢を選びにくいんだそうです。

彼が腰に腕を回してきたので、わたしはそれに応えるように軽くもたれかかり、彼を部屋まで案内しました。玄関に入るなり、彼は強引にわたしの唇を奪い、そのうちに舌を絡めてきます。

わたしの服を脱がそうとするので、「ここじゃだめ」と彼を焦《じ》らします。

セックスは線香花火と一緒。揺らさずにじっくりゆっくり火の玉を大きくすることで、きれいな火花が散るんです。いくら激しく燃えたって火の玉が落ちてしまえばそれで終わりですもの。

わたしは彼をベッドルームへ誘い、そして自らドレスを脱ぎます。しかし彼は我慢できなくなったのか、ブラジャーを外す寸前でわたしを押し倒しました。

そしてついに彼がわたしの中へと入ってきました。

もっと全身がちぎれて、壊れてしまいそうな気分になるんじゃないかと想像していましたが、わたしはなぜかとても冷静でした。きっと彼との行為を何度も想像していたからでしょう。初めてなのに、すこしも初めてな気がしない。

わたしは彼を満足させるため、彼の捨てたビデオを研究し、何人かの男性で練習をした成果を発揮します。しかし残念なことに彼のセックスはひどく拙《つたな》く、ノーマルで面白みにかけていました。いつも独りよがりなセックスをしてきたのですね。

それでもわたしは彼のために頑張ります。あの日テレビの中にいた彼が、今わたしの中にいるんですもの。これ以上何かを望むとばちが当たってしまいます。

彼は自分が頂点に達すると、会話もろくにせずわたしのベッドで寝てしまいました。わたしはというと、もちろん眠れるはずがありません。何年も見た夢がようやく叶《かな》ったんです。今死んでもすこしも後悔しません。だってわたしは今、世界で一番の幸せものですから。

彼の寝顔を何時間も見つめ、スマートフォンで何枚も写真を撮りました。この時、やっと本当に設定したい待ち受け画面が見つかった、とわたしは思いました。

彼の汗ばんだ胸に潜り込んでみます。彼の太い腕に包まれても、速くなった脈拍が落ち着くことはなく、目を閉じて匂いを嗅《か》いだり、肌を舐《な》めたりして、わたしのものになった彼を存分に味わいました。

そんなことをしていると彼は急に目を覚まし、部屋を出ていきました。きっとトイレに行ったのでしょうけれど、しばらくしても彼は帰ってきません。心配になったわたしは彼を捜しに行きます。

あの部屋のドアが開いてるのを見つけたとき、「あーぁ、もうばれちゃったか」とがっかりしましたが、でも彼がこの部屋にいるって何よりも幸せなこと。

だって林さんが捨てたもので作ったこの部屋に唯一足りないのって、林さん自身なんだもん。

わたしは裸のまま彼の背中にぎゅっと抱きつきました。

「わたしのことは捨てないでね」

おれさまのいうとおり

　俺を見た俺は目をかっぴらき、下まぶたをひくつかせ、口をだらしなく開けたまま固まっていた。俺の手にはプレステ2のコントローラーが握られ、テレビの画面はファイナルファンタジーXのキャラクターが戦闘中で、懐かしいBGMが室内に響いている。ノスタルジーに浸りたいのはやまやまだが、まずは目の前にいる俺にある程度説明しなくてはいけない。しかし俺の顔ったら真っ青で、俺のやる気を削《そ》ぐには最高のアホ面だ。一方でそれほど憎めないのは、やはり自己愛によるものなのか。

　驚いている俺はどうにか口を動かし、俺に疑問を投げかけた。

「あの、えっと、どちらさま、っていうかどこから来たとか、えっとパニックです」

「でしょうねぇ。まず、俺のことわかる？」

「えっと、わからないです」

「じゃあなんでそんなびびってんの」

「いや、いきなりベランダから入ってきたし、ここ八階だし、えっと、お願いです殺さないでください」

　試しにワァと大声を出してみると、俺はヒャァァァァとばかみたいに叫んだ。

「殺さねぇし。俺が俺を殺すとか、そんな『LOOPER』みたいなことしねぇわ。

あっでも『LOOPER』のパターンだと俺は殺される側になるのか？」

「ルーパー？」

あぁそうかそうか、2001年にはまだ『LOOPER』は公開されていないのか。

「なんでもない。ていうか今『俺が俺を殺す』って言ったの、聞いてた？」

「聞いていました」

「ということはつまり俺は？」

「わかりません」

「ばかかおまえは」

このおっさんはさっきから何を言っているんだ。あぁ、怖い。超怖い。俺やっぱり殺される。死にたくない。いや正直、最近好きな子に振られたし、学校でも若干ハブられてるしで、まじでベランダから飛び降りて死んでやろうかなぁとか毎日考えてたけど、やっぱり死にたくない。でも自殺よりは殺される方が楽かな、いやでもこのわけわかんないおっさんに殺されるの、めっちゃ嫌っす。髪伸ばして髭《ひげ》生やして、身体《からだ》はがりがりだし、汚くてさえないし、顔にほくろ多すぎだし、あれ、俺と同じところにほくろある。

「やっとわかったか少年よ。俺は二十年後の君だ。時をかけてやってきたおっさんである。俺のこと見て『きもい』とか思っただろうが、残念ながらこれが未来の君である。おい、なに嫌な顔してんだ。仕方ないだろう。事実を受け入れろ。俺は昔からそういうところがある。どうせ今だって美紀《みき》ちゃんに振られた現実から逃げるためにゲームしてたんだろ。夏休みの宿題もまだまだ残ってるくせにな。ってか朝4時だぞ、寝ろクソガキ。でも先に言っておくと頑張って夏休みの宿題をやっても佐々木《ささき》と遠藤《えんどう》に破かれてトイレに捨てられるから意味はない。それでもやっとけ。ばかはばかなりに努力はしとけ」

信じられるわけない。それこそ『時かけ』ではタイムリープしてもその世界に同じ人間は二人存在しない設定だったし、あの筒井《つつい》康隆《やすたか》先生がタイムリープに関して間違えるはずない。この嘘《うそ》つきめ。

でもこのおっさんが言った美紀ちゃんのことは事実だった。なんで知ってんだ？　いやそれくらいは調べればわかるか。もしかしたら友達の誰かが口を割ったのかもしれない。

「ドラクエのキャラ名を好きな子の名前にするのはやめとけ。振られる度に初めからやり直すのはもう嫌だろ」

うわ、恥ずかしい。ってかこれは誰にも言ったことがないし、隠してきたのに、なんで。

まじまじとおっさんの顔を見てみると、言われてみれば俺に似てる気がする。俺に似てるっていうよりは、むしろ親父に似てるんだけれど、俺は親父にそっくりだから、やっぱりこの人は未来の俺なのかもしれないと思えてくる。

俺は半信半疑で聞いてみた。

「あのぉ、俺って、将来どんな感じですか」

こいつまじか。

「おまえ、それまじで言ってんのか。最初の質問それか。まず『未来の自分がどうしてここに？』って聞かない？　しかも『将来どんな感じですか』って、なんだその抽象的な質問は。いやー俺センスないわ、俺、俺にショックだわ。もう帰ろうかな」

やばいやばい、めっちゃキレてる。俺ってそんなキレる人じゃないはずなのに。

俺は俺と名乗る人に土下座をした。

「ちょっと待ってください、すいませんでした。どうして未来から、えっとどうやって未来から」

「話すと長くなるし、俺もわかんないことばっかりなんだけどな。仕事で疲れて帰ってきたら、部屋に小さなてんとう虫がいて、それを窓から逃がしたんだけど、また戻ってくるんだ。だからまた窓からてんとう虫を逃がす。でもやっぱり戻ってくる。で、また逃がす、を二十回くらい繰り返してたらな、そのてんとう虫がいきなり蝶々《ちょうちょう》みたいになって、頭から玉ねぎが生えてきたんだ」

「俺の将来がシャブ中なんて」

「俺は落ちぶれてはいるが、さすがにドラッグはやってない。断じてやってない。まずドラッグを買える金がない。だからこれは幻覚ではない。そしてその玉ねぎが言うんだ。『今からおまえをタイムリープさせてやる』って。わかる、普通は信じない。でもてんとう虫が蝶になって玉ねぎが生えたんだ。それからこうも言った。『しかし過去に行っても今の自分を変えることはできない』って。なんでかっていうと、って説明したいんだけど、玉ねぎの言ってることは俺には難しくて理解できなかった。とりあえず俺とタイムリープして出会う俺は同一人物のようで別人だから、過去を変えても今の俺の状況は変わらないということらしい。ただ未来に行けばこのまま俺がどういう人生を歩むのかを知ることができるため、帰ってきてから今の人生に活《い》かせる可能性がある、だから多くの人は未来に行くそうだ。俺は悩んだすえ、この過去に行くことを選んだ」

「どうして」

「確かに俺の人生は最低だが、未来を見て修正するのは納得できなかった。それって攻略本を見ながらＲＰＧを進めるようなもんだ。そんなのつまらないし、意味ない。俺ならわかるだろ」

「わかります」

「さてここからが本題だが、どうして俺がおまえに会いにきたかというと、未来の俺を知って今に活かすことができるのだとすれば、過去に行って未来を教えることもできるわけだ。だから俺はおまえに会ってアドバイスすることにした」

「でも俺も未来知りたくないです。攻略本を見ながらRPGを進めるの嫌です」

俺は俺にぴしゃりと平手打ちを食らわせた。

「黙れ。俺はおまえのためを思って言ってやるんだ。むしろ感謝しろ。返事は」

「はい」

「俺がなぜこの時間を選んだかというとだな。俺の人生はこの中二の夏に狂ったからだ」

「まじすか」

「明日、俺は渋谷《しぶや》に行くことになっているだろ」

「はい、新作のゲームを買いに行きます」

「そこで俺は俳優事務所にスカウトされる」

「わぉ」

「面白半分で入所すると、不思議なことにとんとん拍子に成功、翌年には学園もののドラマに抜擢《ばってき》、それもかなり目立つポジションに選ばれる」

「いぇい」

「しかし、そこが人生のピークだ。仕事が楽しすぎた俺は、周囲の反対を押し切って高校へは進まずに芸能活動に没頭するが、悲しいかな、どんどん仕事は減っていく。それでやさぐれて酒や万引き、喧嘩《けんか》に明け暮れる」

「俺にそんな一面が」

「残念だが人は変わる。二十歳を過ぎた頃に事務所をクビになるが、ピークのときの快感が忘れられず芸能活動にしがみつき、ピン芸人やら舞台俳優やらバンドやらいろんなものに手を出すが結果は出ず、カラオケ店でバイトする日々だ。おそらくこの先の俺の人生はずっとこんな感じでいく。なんとか楽しくやってはいるが、絶対に成功はしない。悲しいかな、俺にはわかっているんだ」

頬を腫らした俺はいつの間にか涙を流し、だらだらと鼻水を垂らしていた。

「結論を言う。明日、渋谷に行くな。もしくはスカウトを断れ」

「テレビ出たい」

「やめとけ。その時は楽しくても、未来が終わる」

「高校行くからお願い」

「俺のことは俺が一番わかってる。そして勉強し、三谷原《みやはら》高校に入れ」

「無理。あそこ超頭いいもん」

「今からやれば間に合う。まだ発表はされてないが来年、三谷原高校は入学定員を増やす。俺よりばかだったやつが、たくさん入った。だから今からやれば大丈夫だ。そこで高校デビューしろ。高校生の俺は茶髪が似合う。だから髪染めろ。あと意外にテニスの才能があるから、テニス部に入れ。三谷原高校は大学付属だが、大学は他を受験しとけ。俺が大学生のときにひとつのサークルが問題を起こし、三谷原大学は印象が悪くなった。おすすめは赤川《あかがわ》大学だ。今は大したことないだろうが、この後急激に伸びる。偏差値も上がるが、大学受験の頃はなんとかなるはずだ。就職は好きにしろ。そこからはもう俺が言える範疇《はんちゅう》じゃない」

「わかりました神様」

「あぁ、幸せになれよ」

はじめは汚いと思っていたはずなのに、まじで神様に見えてきた。っていうかキリストなんじゃない？　見た目似てるし。本物知らんけど。

神様は「じゃあな」と言うと、いきなり机からシャーペンを摑《つか》み、プレステ2のコードを引き抜いて本体を抱え、ベランダから飛び降りた。ゲームを持って行かれた怒りと八階から飛び降りたという衝撃で、俺はまたしてもパニックになった。ベランダの手すりに駆け寄って下を見ると、そこには誰もいなくて、ただシャーペンとばらばらになったプレステ2だけが散らばっていた。

俺はその後考え続けた。あの神様が言ったことは正しいのだろうか。正しいとしてもやっぱりテレビに出たい。一時でもきゃあきゃあ言われたい。でもあの神様みたいな人生は送りたくない。

そう考えているうちにぐっすり寝ちゃって、気づいたら翌日の夜で、結果、俺は渋谷には行けなかった。なので一念発起して進学塾に通い、一生懸命勉強した。夏休み明け、宿題を佐々木と遠藤に捨てられたので、やっぱり神様の言うことは正しかった。なんとか三谷原高校に入学し、髪を染めてテニス部に入ると、中学時代が嘘みたいに俺は人気者になった。高校二年生で童貞も捨てた。大学受験は面倒だったが、ここも神様の言う通りに赤川大学を受験、無事合格した。二十歳のとき、三谷原大学のとあるサークルが強姦事件を起こして社会問題になったが、俺には関係ない。

キャンパスライフを謳歌《おうか》し、就活では大手広告代理店に内定をもらう。二十代で異例の出世を遂げ、二十八歳のときに結婚、二児の父となった。

そして俺は三十四歳になった。あのときやってきた神様と同い年だ。しかし鏡を見ても今の俺とあの神様の風貌《ふうぼう》とは似ても似つかない。ほくろは増えたけど。生き方で顔が変わるというのは俺だけが知っている新発見だ。

余談だが、あのとき神様が言っていたルーパーが映画だったと十年以上経《た》ってわかった。みんなが面白いというので見に行ったが、俺の境遇と重なってあんまり楽しめなかった。神様に対して唯一恨んでいる点である。

しかしいい。俺は幸せだ。

会社の同僚とプロジェクトの成功を祝って飲み会をした後、そこそこ酔って帰宅すると、玄関に一匹のてんとう虫がいた。そっと外へ出して戻ると、また同じ場所にてんとう虫がいる。もう一度外に出すが、同じ場所にてんとう虫。それを二十回以上繰り返すと、てんとう虫は蝶々になって頭からセロリが生えた。あれ、玉ねぎじゃないの。

セロリは語り始めた。あのとき神様は難しくて理解できなかったと言ったが、それほどでもなかった。この宇宙は無数の時間軸で出来ていて、例えば一秒前の時間軸と今の時間軸と一秒後の時間軸は全てパラレルに存在していて全く別物であり、そのためどの時間軸の俺も完全に独立した存在で、いわば他人ということらしい。神様に玉ねぎが現れたのもあの神様の時間軸だけ、セロリが現れたのもこの時間軸だけといった具合なので、違う時間軸にいる自分と対面しても干渉して歪《ひず》みが生じることはないし、過去が変わったりもしないのでパラドックスに陥ることはない。玉ねぎやセロリにはそのパラレルな時間軸を自在に行き来できる能力があるとのことだった。

どこが難しいんだよ神様。でもあの神様は中卒だから仕方ないのかも。

俺はセロリに「あのとき俺に会いにきた俺に会うことはできますか？　つまり今から二十年後の俺ってことです。お礼が言いたいんです」と頼んだ。するとセロリは

「わかった」と甲高いような、気高いような、マッチを擦ったような声で言った。

「帰るときは次のものを持って高い所から飛びなさい。そうすればこの時間軸に帰ってこられます」

「わかりました」

「では言いますよ。1、勇気。2、希望。3、愛。4、慈しみ。5、妬《ねた》み。6、痛み。7、皮肉。8、野性味。9、プリント基板。10、和製英語。その十個を胸に抱いて思い切り飛びなさい」

「え⁉」

びゅん、と音がすると、俺は河川敷にいた。小さい頃によく遊んだ場所だ。俺がいた時代の二十年後なので科学技術がかなり進化していると予想していたけど、この川はほとんど変わらなかった。生ぬるい風が肌に触れる。遠くは真っ暗で何も見えない。

「誰だ」

後ろから声がしたので俺は思わずワァと叫び、その場にしゃがみ込んだ。

振り返ると、長髪で仙人のように鬚《ひげ》を伸ばしたおっさんが立っていた。

「もしかして俺、ですか？　ですよね？」

男は濁った目を大きく見開いた。

「俺か。お前は俺なのか」

「はい、俺です。あなたのおかげで俺はとても幸せです。本当に感謝してます。あなたは俺にとって神様です。感謝することしかできないのが悔しいくらいです。神様、本当にありがとうございました」

正座に直ってそう言うと、神様はわなわなと肩を震わせた。

「お前ばっかり幸せになりやがって」

このクソガキ、俺に嫌味言いにきたんか、こら。おまえが幸せになっている間、俺がどんな人生を送ってきたか。やっぱ未来に行くべきだった。こんなやつを救っても俺にはなんの意味もなかった。はらわたが煮え繰り返ってしょうがない。殺してやる。どうせ残りの人生もそうない。こいつ殺して、俺も死ぬ。せめてそれくらいしたっていいよな、神様。

「え？」

何が起きているのか、わからない。気づけば俺は神様に首を絞められていた。びっくりしすぎて、動けない。なんで。呼吸ができない。やだ、死にたくない。殺されたくない。あんなに幸せだったのに、こんなところで死にたくない。

意識が遠のくなか、俺は手元にあった石を握り、神様の頭めがけて思いっきりぶつけた。首を絞める手から一瞬にして力が抜け、神様は俺の隣にどさっと倒れた。

俺は俺を殺してしまった。『LOOPER』みたいなことをしてしまった。

神様なんかに会いにこなきゃよかった。

はやく、はやく戻らなきゃ。

えっと、なにがいるんだっけ？

ほとんど覚えていないけど概念的、観念的なものを除いて必要なのはプリント基板と和製英語だった。今思えばあの神様は俺にゲームをやめさせるためにプレステ2を抱えて飛んだわけではなく、プリント基板が必要だったからで、シャーペンを奪ったのも和製英語だったからか。なんて利己的な行動なんだ。むかつく。

俺は川原に転がった神様を強く蹴飛ばし、身体をまさぐってプリント基板と和製英語を探した。

和製英語はキーホルダーがあったのでクリアできた。プリント基板は携帯があればオッケーなのだけれど、神様はそれらしきものを持っていなかった。

もう一度蹴飛ばして、川原を歩く。プリント基板が含まれるゴミを探していると、ぺらんぺらんのアクリル板のようなものが落ちていた。持ち上げた瞬間まばゆく発光し、突如空間にスクリーンが現れた。察するにこの世界のパソコンかテレビといったところだろう。とても興味深いけれど、俺ははやく帰りたい。

どういった仕組みかはわからないが、このような機器にプリント基板が使われていないはずがない。

俺はキーホルダーとぺらんぺらんの機器を両手に持ち、飛び降りられるような高い場所を探した。しかしやはり辺りは真っ暗で遠くは見えないし、近くに該当するような場所は見つけられなかった。

あるのは川だけだった。

和製英語とプリント基板を抱えた俺は、目を閉じて勇気やら愛やら皮肉やらあとなんかしらをイメージし、川に飛び込んだ。

川の水は冷たかった。けれどそれが心地よかった。

俺は水中で一回転した。耳元でごぼごぼと音がする。

そろそろ元の世界に戻ったかと思い目を開けると、俺はラッコのように水面にプカプカと浮いていた。

空にはたくさんの星が輝いている。

宇宙は広い。

宇宙はひとつじゃないらしい。

きっと別の宇宙にも俺がいる。俺がひしめき合っている。

おい、俺のアイス勝手に食べるなよ。

俺がハワイに行ったときのことなんだけど。

俺ってそういうやつじゃん？
もしもし。俺俺。
最近俺の友達がパクチーを食べられるようになってさ。
俺ならこう言うね。
俺の孫がついにじいじって言ったんだよ。
¨®「©ø［俺がdぅぁあ「∂©å［俺˜˚√å˜˜≈vjbxå∂˙,√ø˚f「

あ、流れ星。

にべもなく、よるべもなく

妄想ライン

工藤　誠也

俺は何かに追われているのか。

深夜二時過ぎの首都高。愛車を走らせながら右側に目をやると、新宿は今夜もやけにピンクのネオンを目立たせていた。眠らない街、と何度も思ったことをまた思う。眩《まぶ》しい光に吸い込まれるように車体がセンターラインへ寄っていく。位置を戻して今度は左側を眺める。新宿周辺とは反対に暗闇が広がり、明かりは数える程しかない。

俺は東京という街を、しかもそのド真ん中を見下ろせるこの高速が好きだ。煩わしいストレスもこの圧倒的な優越感さえあれば一気に吹っ飛んでしまう。はずなのだが……。

一体、この不安と恐怖は何だ。

最悪の気分を蹴《け》散《ち》らすようにアクセルを強く踏むと、ポルシェ・カイエンが唸《うな》り声を上げげた。速度はすでに百四十キロを超えている。力んでいた両腕をハンドルから一度離す。必ず訪れるはずの爽快感《そうかい》がやってこないのは、いつも以上に疲れているからかもしれない。左にウィンカーを出し、車線を変更してアクセルを弱める。

ところで、助手席に座っているこの女は誰だ。カーステから流れる洋楽に身体を揺らしてやがるが、そのせいで車体が上下して迷惑だ。馴《な》れ馴《な》れしく話しかけてくる言葉はまるで外国語のようで全く理解できない。邪魔くさいので俺は適当な相づちでやり過ごすことにした。

この女をどこかに降ろして早く帰ろう。

隣から匂う香水があまりにもきついので少し窓を開ける。冷たい空気が車内を巡った。騒々しい音楽を止めてFMに切り替えると、女性アナウンサーが棒読みで天気予報を伝えていた。今年最大の寒波が来ているらしい。窓を閉め、ラジオを切り替える。できれば静かなバラードなんかが聴きたい。心地よいR&Bに手を止めると、隣の女は俺の手を払ってまたもうるさい洋楽へと戻した。

俺は諦《あきら》めてハンドルに手を戻し、運転に集中することにした。しかし運転するたびに思うが、他の先進諸国は右側を走るのに、日本はなぜ左側を走るのか。ETCを搭載していなければ高速だって乗れたもんじゃない。外車に対して排他的なのはなにか理由でもあるのか。

首都高を下り、そのまま第三京浜《けいひん》の入り口へ向かう。第三京浜は首都高とは違って地味だ。高速に派手さを求める俺もどうかしているが、走っていてもつまらない道路は死ぬほど嫌いだ。

ふと、頬に何かが当たった。

視界の端に細く艶《つや》やかな指が現れる。まさか隣の女か。顔を直視することはできないが右側に生ぬるい体温を感じる。当初から感じていた不安と恐怖が勢いよく膨れ上がり、心臓の鼓動が弾む。なめらかで白い腕が身体に絡みつくのを振り解《ほど》こうとするが、慣れてきた香水の甘い匂いが鼻を撫《な》で、力を奪われる。

この女が何を考えているのかはわからないが、しかし俺はこの女が嫌いじゃない。徐々に身動きが取れなくなり、目だけを動かし周囲を見回す。いつのまにか騒々しい洋楽は消えていた。聴こえているのは自分の心音と女の吐息だけだった。深夜二時半、周りに車は一台もなかった。

ちょっと待て。さっきの女とこの女は同一人物か。顔を確認しようとするが首が動かない。ミラー越しに女を捜す。映っていない。左のガラスを見る。見えた。やはり違う女だ。恐怖と興奮に支配され、今にも壊れてしまいそうだった。

いや、おかしい。俺はもとから知らないはずだ。さっきの女も今の女も。しかし女はそんなことに構わず、身体を巻きつけてくる。

呼吸が荒くなってきたのは、息苦しさだけでなく性的興奮も含んでいるからか。女は不敵な笑みを浮かべてついに俺の口を塞《ふさ》ぐ。

後ろの方でサイレンが鳴った。助けに来たのか、それともスピード違反で捕まえようとしているのか。おそらく後者だ。アクセルを限界まで踏み込む。速度計はトップスピードにまで達しようとしていた。赤色灯が車内を照らし、俺を焦らせる。

速度を保ったまま港北《こうほく》の出口を下りる。ETCはなんとか反応したが危うく開閉バーとぶつかるところだった。

隣の女と目が合う。すると女は信号の黄色い点滅に照らされ、コマ送りのようになりながら俺の正面にやってきた。

日産《にっさん》スタジアムを横目に走り抜けていくと、サイレンは聴こえなくなり、俺はアクセルを弱めた。

この道を真っすぐ行けば新横浜《しんよこはま》の駅だ。そこでこの奇妙な女を降ろそう。電車は動いていないが、降ろした後のことは俺には関係ない。

女は泣き始めた。俺の目の前で。

これだから女は面倒だ。俺は慰める気もなく無視し続けた。しかしこの女はいつまで俺の前を塞ぐ気だ。邪魔でしょうがない。正面が見えないじゃないか。道が空《す》いているとはいえ……。

女の背後に大きく迫った駅ビルが現れた。女は初めに見た女に戻り、俺を笑った。車内には洋楽だけが響き渡っていた。

*

海と山と工場しかないこの小さな街では、どんな些細《ささい》なトピックスでも地元新聞に大きく取り上げられ、瞬く間に広がる。たとえ中学生が誰も知らないような文学賞を受賞したとしても、だ。

僕らより一学年上、中学三年生の工藤《くどう》先輩が執筆した掌編小説「妄想ライン」が、ある文学賞の佳作に選ばれて文芸誌——それまでその雑誌を知っている人はいなかった——に掲載されたのは、つい一週間前のことだった。

いまや「妄想ライン」を知らない人はほとんどいなかった。けれど読んだことがある人も同じくほとんどいなかった。

そもそもこの街には書店と呼べるようなものがなく、誰もその掌編を読むにはいたらなかった。マンガ雑誌や週刊誌、教科書や参考書が少し揃っているくらいの店は何軒かあるけれど、マニアックな文芸誌を置いているような大型の書店はひたちなかの方まで行かなければない。

それでも親友のケイスケがどうしても読みたいと言い続けたので、僕らは仲のいい地元漁師の根津爺《ねづじぃ》に「ひたちなかに行くついでに『妄想ライン』が載ってる本、買ってきてほしいんだけど」と頼んだ。根津爺が魚の配達でよく市内へ行くのを僕たちは知っていた。「近くに住んでるんだから、工藤に借りたらいいだろう」と根津爺は顔をしかめていたけれど、工藤先輩と直接交流したことない僕らがそれをお願いするのは到底無理な話のように思われた。

二月下旬、学年末テストが終わった帰りに根津爺の家に寄ると、こたつの上にその文芸誌が置かれていて、ケイスケはまるでおもちゃを買い与えられた幼稚園児のように無邪気に喜んだ。

ようやく手に入れた分厚い文芸誌の表紙には、難しくて読めない題名と、難しくて読めない作家名がいくつも並んでいて、手に取るだけで頭がくらくらした。そんな僕に構うことなくケイスケが「僕は時間がかかるから、純《じゅん》ちゃん先読んでいいよ」とそれを渡してくるので、僕はこたつに入ってしかたなく「妄想ライン」のページを開いた。

読み終えたところで雑誌をケイスケに戻すと、彼は僕の感想を聞いたりはせずすぐに工藤先輩の文章を目で追い始めた。ケイスケの眼差《まなざ》しはいつになく真剣だった。とはいえ、いくら「時間がかかる」としたってたった二ページの文章なら十数分が関の山だと思っていた。ところがケイスケはその倍の時間が過ぎてもまだ「妄想ライン」を読んでいた。

飽きてしまった僕は、部屋から店先を抜けて外へ出た。根津爺は鮮魚店も営んでいて、ひたちなかでは需要のない魚を地元の人向けに販売していた。しかしひとりで切り盛りしているため店内は雑然としていて、その上愛想が悪いこともあって、実際わざわざ魚を買いにくる客は釣果が上がらなかった釣り人くらいだった。

店外の調理場へ出ると根津爺が竹を三脚縛りにして立てていた。傍らにはアンコウの入ったバケツが置かれていたので、吊《つ》るし切りの準備らしかった。

「根津爺は工藤先輩の『妄想ライン』読んだ？」

そう尋ねながら僕は積み重なったビールケースをひとつ持ってきて腰かけた。

「わしは読まん。小説なんか読んだら頭痛くなって死んでしまう」

竹がクロスした中央の部分から鉄製のフックがぶら下がっていて、そこにアンコウの下顎《したあご》を引っかける。空中に吊られたアンコウは思った以上に巨体で立派だった。

「そんないいアンコウだったら売った方がよかったんじゃねーの」

「ばかやろう、もう時季が終わっちまうんだ。こんないいアンコウ、他のやつに食わせてなるか」

ホースでアンコウの口に水を注ぐと、胃袋がどんどん膨らんでいく。根津爺はしわくちゃの手を器用に動かして皮を剝《む》き、ヒレを切って腹を裂いた。体内からでろんと垂れた内臓を丁寧に外すのを眺めていると、やっと読み終わったケイスケが調理場にやってきた。

「おいしそうなアンコウだね」

そう言ったケイスケに根津爺は「ほれ」とアンコウの肝を見せた。かすかにピンクがかったつやつやのあん肝は、根津爺の手のひらに身を預けたかのようにくったりとしていた。

「最高だろ」

根津爺はあっという間にアンコウを捌《さば》き終え、フックには輪っかになった上下の顎骨だけが残っていた。

「お前らも食うか？」

「うん」

僕はビールケースを再び持ち出し、テーブル代わりにしてその上にコンロを置いた。根津爺がだしに味噌《みそ》を溶かして、醬油《しょうゆ》、酒、味醂《みりん》を適当に注いでいく。具はアンコウのみで物足りないように思えたけれど、まだお昼を食べていなかったのでとにかく早く口にしたかった。スープが沸騰してアンコウの身が揺れ始めると根津爺が「もういいぞ」と合図を出した。

一口啜《すす》るとアンコウの肝と味噌の濃くて甘塩《あまじょ》っぱい味が喉《のど》を温めていった。

「で、どうだったんだ。妄想なんとかいう小説は」

小皿から沸き立つ蒸気の向こうでケイスケは瞳《ひとみ》を輝かせた。

「よかった！　重すぎないハードボイルドな文体と不思議な読後感がとても合ってるし、短いのに印象的で、さすが賞を取るって感じ！　僕と一歳しか違わないのにあんな大人っぽいものが書けるなんてすごいなぁ。なにより東京！　これ読むと少し怖くなるけど、でもやっぱりキラキラした夜景を見ながら僕もいつか東京の高速を――」

ケイスケが興奮気味で感想を語れば語るほど僕はなんだかイライラした。そして「東京」という言葉が出たとき、僕はついに口を挟まずにはいられなくなった。

「違うと思うな」

「なにが？」

「東京はあんなんじゃないと思う」

僕はそう言ってスープに浮かぶ柔らかな身を齧《かじ》った。

「純ちゃん東京行ったことないでしょ」

「ケイスケもないだろ」

「根津爺はある？」

「ない」

「きっと工藤先輩も東京とか行ったことない。適当に想像して書いたに決まってる」

自分の意見を批判されたケイスケは箸《はし》を止めて眉間《みけん》に皺《しわ》を寄せた。

でも僕には確信があった。東京はきっともっと汚くて、鬱屈《うっくつ》していて、悪魔が潜んでいる場所だ。本当に東京を知ってる人間なら、東京を舞台にあんな小説を書いたりしない。たとえ行ったことがなくても僕にはわかる。

僕ら二人の間に嫌な沈黙が流れる。しばらくの間、波消しブロックにぶつかる波の音だけが響いた。

グラスに瓶ビールを注ぐ根津爺が「本当の東京が書かれてるかどうかが、その話には重要なんか？」と呟《つぶや》くように言った。

「わかんねぇ」

「別に作品の本質とは関係ない気もするけど」

ケイスケが身を乗り出して僕に力説する。

「小説はどこまでいってもフィクションだし、つまり嘘だよ？　そもそも工藤先輩は免許だって持ってるわけないんだから、運転の場面も想像に過ぎない。それなのにあんな風に書けるのがすごいと思わない？」

ケイスケが説得力のある物言いをするのもいやだった。

「けど嘘は嫌いだ」

一度熱が入ってしまうとなかなか収まらないのが僕のだめなところだった。自分でもわかっているけれど僕はぶしつけな返答しかできなかった。

「じゃあ直接工藤のところに行って、東京に行ったことあるか聞いたらええ」

ケイスケは「そんなことどうだっていいのに」とぶつくさ文句を言った。

鍋《なべ》を食べ終わった僕とケイスケは腹ごなしに少し外に出ることにした。根津爺の家から海は目と鼻の先で、というよりも海に面していた。右側はビーチ、左側はコの字型の防波堤で囲われた漁港になっていて、僕らはその防波堤へ向かった。根津爺が「だんだんしけてくるから気をつけろよ」と叫んだので、僕らは応《こた》えるように手を挙げて先まで歩いていった。今は全くの凪《なぎ》でこのあと風が吹くなんてまるで信じられなかったけれど、普段は数人いる釣り人がひとりもいなかったのでしけの予報は本当らしい。

防波堤の突端まで歩く途中、前を歩くケイスケの背中を海の方へ押してみる。彼はびっくりして身体を硬くし、「もう！　やめてよ！」と血相を変えて振り向いた。

「ごめんごめん」

小学二年生の夏、ケイスケは海で溺《おぼ》れた。あの日は僕も一緒で、当時のほかの記憶は曖昧《あいまい》だけどあの光景だけはちゃんと覚えている。ケイスケの家族と一緒にこのビーチまで遊びに来た日のことだった。まだ小さいから沖まで行っちゃだめとケイスケの親に釘《くぎ》を刺されていたにもかかわらず、僕らはこっそり足のつかないところまで泳いでいった。僕は途中で怖くなってやめたけれど、ケイスケは水泳を習っていたこともあって泳ぎに自信があり、僕のいる場所よりもどんどん先までいった。でもそれは彼の意思じゃなかった。ケイスケが潮の流れに飲まれたと気づいたとき、僕は足がすくんでどうすることもできなかった。ライフガードが手際よくケイスケを助ける間も、僕は海のなかで動けずにいた。その日以来ケイスケは海で泳いでいない。

そんなことがあったのに、僕はたまにそのことを忘れたかのようにケイスケを海に突き落とそうとする。もちろん軽く、本当に落ちはしない程度に。

自分でもどうしてそんなことをするのかわからない。ただの悪ふざけか、彼に対する罪悪感を振り切るためなのか、もしかしたら心のどこかで海を克服してほしいと思っているからかもしれない。

雲ひとつない空から太陽の光が激しく降り注ぎ、二月末とは思えないほど暖かかった。突端についた僕は防波堤の端から脚を投げ出して座り、ケイスケは冷たい地面に横になった。

「三年生だってよ、もうすぐ」

「来年はいよいよ受験だね」

「あー、俺はしない」

「だめだよ、いまどき高校行かないとかまずいよ」

「ケイスケはいいよな、水泳でスポーツ推薦っていうパターン濃厚だし」

「わかんないよまだ」

「頭もいいしなぁ。俺はなんにもないからなぁ」

「なんにもない人の方が多いんだよ、世界には」

「お前が言うなっての」

不意に波しぶきが散ったので、僕は濡《ぬ》れそうになった足を引っ込めた。

ケイスケが青天井を眺めたまま言う。

「高校もまた一緒のところ行こうよ」

僕とケイスケはお互いの両親が学生時代からの友人ということもあって、物心ついたときから一緒にいるのが当たり前だった。意図したわけではないけれど、振り返ってみれば生まれてから十四年間僕らはずっと一緒にいて、幼なじみと呼ぶにはぴったりの関係に思えた。

「純ちゃん寒いよ、やっぱり帰ろう」

根津爺の家に戻り、ケイスケはスイミングスクールがあるというので僕らはそこで別れた。僕とケイスケの家は根津爺の家を挟んで反対にあった。

ケイスケに「またな」と手を振ったとき、僕はふと思った。

なんであいつ、「妄想ライン」を読む前から「時間がかかる」と言い切れたのだろう。

アンコウの顎骨はいまだフックに残ったまま、風に流され無軌道に揺れていた。

＊

式辞は校庭の桜が開花したことに絡めて「世の中は三日見ぬ間の桜かな」という一句から始まり、校長は今年度起きた様々な出来事を並べてはそれに対してもっともらしい言葉を述べていった。

体育館に整列した生徒たちはとっくに飽きていて、こっそりおしゃべりをする人もいれば寒さをまぎらわそうと身体を揺らす人もいた。僕自身はというと、この後どのタイミングで工藤先輩に「東京へ行ったことがあるのか」を尋ねるべきか思案していた。

根津爺に言われたとおり、僕らは卒業式後に二人で直接先輩に話を聞くことにした。

東京に行ったことがあれば僕が、なければケイスケが互いにジュースをおごるという約束つきで。

けれどここにきて、先輩が正直に答えるかどうか疑問に感じ始めた。「東京へ行ったことがあるのか」と尋ねた時点で先輩は僕らが小説を読んだと感づくだろうし、その質問の意図をくみ取ればたとえ行ったことがなくても、見栄《みえ》を張って「行ったことがある」と答えるかもしれない。その真偽を確認する方法はない。だとすればこの賭《か》けは僕の方が分が悪いように思われた。

式は終盤に差しかかり、卒業生の答辞になると司会を担っていた三年生の学年主任が代表者として工藤先輩の名を呼んだ。

先輩が答辞をすることには誰も疑問を持たなかった。爽《さわ》やかなルックスと学年トップクラスの成績、そして陸上部のエースという完璧《かんぺき》すぎる工藤先輩は、生徒のみならず教師たちやPTA役員からも愛され、立候補した生徒会長選挙ではほぼ満場一致で当選した。

だからか「妄想ライン」の男臭さは先輩のイメージとはかけ離れていて、そのギャップに僕は少なからず驚いた。

壇上にあがった先輩は堂々と答辞を読み上げた。

「在校生のみなさん、これからこの中学を引っ張っていくのはあなたたちです。ひたちの海のように静かな日もあればしける日もあるでしょう。けれどそのような日々を乗り越えるからこそ、ここを巣立っていった先輩方のように、立派な人になれるのだと信じています。苦しい時は自分の夢や希望をしっかりと見つめ、野心と思いやりを胸に、短い学生生活を謳歌《おうか》してください」

やっぱり工藤先輩は東京に行ったことがないように思えた。

夢とか希望とか思いやりという言葉を選ぶ工藤先輩は、兄貴とあまりにも違いすぎた。

先輩がお辞儀をすると校長は手が吹っ飛んでしまうのではないかと思うほど強く拍手をした。

クラスに戻ってホームルームを終え、僕たちはひとつ上の階へ行って先輩を捜した。先輩たちが卒業に涙したり歓喜したりしていることもあってか、廊下の匂いや温度は階下と全く違って、たった一階なのにまるで別の時空へ移動したような感覚になった。

残念なことにどれだけ捜しても先輩の姿はなかった。数人の先輩たちに尋ねてみたけれど、工藤先輩の居場所を知る人はいなかった。

すれ違ったのかもしれないと、諦めて学校を後にし、僕たちはいつもどおり根津爺の家を目指して歩いた。五分ほど歩くと港にいくつもの船が見えた。今日の漁は概《おおむ》ね終わったのだろう。ただ根津爺の船は見当たらなかった。

防波堤をぐるりと回って先へと向かう。一度海岸線の方を振り返ったそのとき、停泊している船と船の隙間に人影が映った。僕たちは足を止め、その影に目を凝らした。

そこにいたのは工藤先輩と、学校で何度か見かけたことのあるサッカー部の三年生だった。

二人は何かから隠れているのか、極端に身を潜めて密《ひそ》やかに、そして親しげに話している。ほとんど死角になったそのスペースを覗《のぞ》けるのは、僕らが立っているこの場所だけだった。

違和感を覚えた僕は彼らをじっと見つめ続けた。

しばらくして二人の男は慣れた様子で唇を重ねた。瞼《まぶた》を閉じ、徐々に舌を絡ませていった。ずいぶんと長い時間、彼らはそうしていた。

視線を外してしまいたかった。汚い。気持ち悪い。僕は率直にそう思った。それなのに全身が蠟《ろう》で固められたみたいになってしまって、目線を動かすことも、その場から動くこともできず呆然《ぼうぜん》と立ち尽くした。

そのとき頭に浮かんだのはカビに塗《まみ》れたあのレザージャケットだった。おのずとカビの臭いが鼻の奥で湧き立ち、吐き気がこみ上げる。

やがて一艘《そう》の船が遅れて港に入ってくる。根津爺の船だった。先輩たちが逃げるようにその場から離れていく。立ち上がる瞬間、二人が手をつないでいたのが見えた。

糸の切れた操り人形のように僕はその場にしゃがみ込んだ。見てはいけないものを見てしまった僕らは、とても言葉を交わせるような気分じゃなかった。肌はいまだに粟立《あわだ》っていた。

何も知らない釣り人がひとりやってきて、僕らから少し離れた場所で釣りを始める。

ケイスケの方をちらりと見ると、涙が頬を伝っていた。

泣いているところを見たのは実は初めてだった。溺れたときも、混乱はしていたけれど泣いてはいなかった。僕は動揺していない風を装いつつ、かちこちの身体をどうにか動かして彼の肩を優しく叩いて手を置いた。

「びっくりしたよな」

とりあえずそう声をかけてみた。ケイスケの肩がヒクヒクと上下した。

「純ちゃん、僕さ」

釣り人の浮きが沈んだ。

「工藤先輩が好きだったんだ」

釣り人は即座に竿《さお》を立てて魚のあたりを取った。竿先が不規則に振動している。

どんなことも器用にこなす工藤先輩のことをケイスケが尊敬していたのはなんとなく感づいていた。泣くほどじゃないだろうと思ったけれど、ショックな光景だったのは僕も同じだ。

「まぁ、いい先輩だったもんな」

彼のために思ってもいないことを口にしてみる。

釣り人がリールを巻くと、針にかかったクロダイが姿を現す。

ケイスケは海の先を見て、また黙りこくった。目からはまだ涙があふれ続けている。

そのときになってようやく僕はケイスケが発した言葉の本当の意味を知った。と同時に、全身から血の気が引いていくのがわかった。

「その『好き』って」

釣り上がったクロダイがコンクリートの上でもがくように跳ねている。

次の言葉に詰まっていると、ケイスケは僕を見て小さく頷《うなず》いた。

僕は無意識のうちに彼の肩に触れていた手を離そうとしていた。けれど思い直し、彼の肩に手をやったまま、「そうなんだ」と理解したふりをする。

「男の人が好きなんて、変だよね」

あのときどうして彼が「時間がかかる」と言い切れたのか、今になってやっと腑《ふ》に落ちた。しかしそれよりももっと理解できない問題が発生して僕の脳内は今にもパンクしてしまいそうだった。ふと「妄想ライン」のなかの一節が浮かぶ。――馴れ馴れしく話しかけてくる言葉はまるで外国語のようで――僕はまさにそんな気分だった。

釣り人はクロダイから針を外してえらをハサミで切り、水の入ったビニールのバケツに魚を放り込んだ。

「変じゃないんじゃない？　先輩たちもそうなんだし」

それが精一杯の返事だった。

クロダイの血で濁っていくバケツの水を、曇り空から差し込む太陽光が透過している。

ケイスケが立ち上がって道路の方へと戻るので、僕もついていく。こないだみたいにまたケイスケの背中を海の方へ押してみようかと思った。けれど今はそんな空気ではなかったし、なによりそのとき僕はケイスケに触れるのが怖かった。

＊

その日以来僕の体調は思わしくなく、食欲は減退し、何をするにも倦怠感《けんたい》がつきまとった。先輩のことはさておき、ケイスケがそういう人間だったという事実は僕をどうにかさせるのに十分だった。

それでも春休みの間ずっと、あの日の出来事とケイスケについて考えていた。考えずにはいられなかった。

かつてケイスケが誰かに恋心を抱いたというのは聞いたことがなかった。もしかしたら今までにも男の人を好きになったことはあったけれど、言えずに隠していたのかもしれない。

だとすれば僕のことを好きだった可能性もあるのか？

その考えが頭をよぎった途端、またしてもあのジャケットとカビの臭いが連想され、吐きそうになった。

しかし「吐きそう」になるのは、僕が同性愛者を汚いと思っているからに違いなかった。

男の人と男の人が手をつないだり、キスしたり——あの日の工藤先輩のように——もしかしたらそれ以上のことだってしたりする、そんな光景を想像しただけで顔が勝手に歪《ゆが》んでしまう。

ケイスケじゃなければ別にそう思ったままでよかった。工藤先輩がそういう嗜好《しこう》の人間だと知ったところで、僕は何のためらいもなく気持ち悪いとか変態とかなじって軽蔑《けいべつ》することができた。

けれどケイスケも同性愛者だ。僕は同性愛者は気持ち悪いと思っているみたいだけれど、ケイスケを気持ち悪いとは思っていない。十四年間ずっと一緒に過ごしてきて、そんな風に思ったことは一度もないし、ケイスケはケイスケだ。

いや、でも気持ち悪いと思っていなかった、という方が正しい気がする。

ケイスケの真実を知ったときから、僕は少しケイスケを見る目が変わってきていた。

ケイスケに触れるのが怖いと思ったのは、彼が僕の知っているケイスケとは違うように思えたからだ。でも、どうして僕はそう思ったのだろう。あいつは自分のことを告白しただけでなにも変わっていないはずなのに。

変わってしまったのは僕の方なのか。

認めたくなかった。共に過ごした時間が今にも崩れ去っていくような、そんな不安が僕に襲いかかっていた。

解決する方法を考え続けた結果、結論はただひとつしかないようだった。

僕がケイスケを理解してやる。

同性愛者を気持ち悪いと考えること自体が悪なのだ。だって男は女が好きっていうのはただ大多数を占めているということでしかなくて、もちろんそれは生殖活動と関わるのだろうけれど、別に二択のうち少ない方を選ぶ人がいたっておかしくない。僕が知らないだけでもしかしたら少なくない可能性だってある。現に僕の近くに三人もそんな人間がいたわけだし。

それにケイスケだって自分の意思でそういう嗜好を選んだわけじゃなくて、好きになった人がたまたま男だっただけだ。だから何も不思議なことじゃない――頑張れば頭では理解できた。けれど同性愛者について考えると、やっぱりあのカビの臭いがやってくるのだった。

僕は同性愛者に慣れるため、自分の精神を鍛えようと決心した。どんな方法でも構わないから、始業式までにとにかくケイスケを理解しようと考えたのだ。

まずテレビをつけて、同性愛者と思われる人が出演している番組を優先して見てみた。これはなんともなかった。芸人なら普通に笑えたし、歌手ならその歌声に感動できた。でもそれではなんの効果もなかった。

もう少し厳しいものをと、近所のレンタルビデオショップにいって、アダルトビデオを借りようと思った。誰もいないのを確認し、十八歳未満禁止ののれんをくぐる。気になるビデオが幾つも並んでいて誘惑に負けそうになるけれど、振り切って隅の方にあった同性愛物を手に取った。パッケージを裏返すと、筋骨隆々の男同士が見るに堪えない姿で絡み合っている。カビの臭いがじんわりとにじむ。

我慢して僕はその写真を眺める。十秒、二十秒、三十秒……少しずつ時間を長くしながら写真とにらめっこをした。

誰かがやってくる気配がしたので僕は帽子を目深にかぶり店を出た。道路に出るとすっぱいものがこみ上げてきて、ついに胃が空っぽになるまで吐いてしまった。

どうしてこんな思いをする必要がある。無理してまですることか。

そう思う自分もいるけれど、ケイスケを理解してやれるのは自分しかいなかった。ケイスケが同性愛者だって知っているのはきっと僕だけのはずだ。ケイスケは、僕ならわかってくれると思ってあのとき本当のことを言ったんだ。彼を裏切りたくなかった。彼を理解してやることは僕にとっての義務に思えた。

「純、大丈夫か？」

顔を上げると見慣れたシルバーのスズキ・ワゴンRから兄貴がこっちを覗いていた。隣には親父が座っていた。

「なんだお前、吐いたのか！　情けねぇな。乗れ」

今日は珍しく二人ともまっすぐ家に帰ってくるようだった。僕が何も言わずその車に乗り込むと、兄貴は勢いよくアクセルを踏んだ。二人が車内をタバコの煙で充満させるなか、僕は兄貴の作業着についた油のシミをじっと見つめていた。

自宅に帰り、僕ら三人は食卓で母が作る食事を待った。

親父と兄貴が野球中継を見ながら「へたくそ」とか「そうじゃねぇだろ」とかテレビに罵声《ばせい》を浴びせている。こんな風に二人が仲良くテレビを見るなんて一年前まで考えられなかった。

夜中、両親が寝静まる時間に僕は兄貴の部屋の扉をノックした。兄貴はまだ寝ていなくて、「なんだ」と苛立《いらだ》ったような声が聞こえた。

僕は鼻から呼吸しないように意識し、おそるおそる扉を開けた。部屋はいまだに段ボールが積まれたままだった。兄貴はよれよれのスウェット上下でベッドに横になりながら、週刊漫画雑誌を読んでいる。

「言いづらいお願いがあるんだけど」と兄貴の隣に腰かけた。

テーブルにある灰皿は吸い殻でいっぱいで、中身が少しだけ残ったペットボトルや酎《ちゅう》ハイの空き缶が散乱している。なんというか、とてもくたびれていた。

兄貴はいやしい笑みを浮かべて、「なんだ、悪いことか?」とささやいた。

「えっちなビデオ持ってる?」

兄貴は腹を抱えて笑うが、僕はいたって真面目に「持ってたら貸して」と続けた。

「お前も大人の男になったかぁ。まぁそうだよな、もう中三だもんな」

「まぁね」

「でもよ、普通兄弟に借りたりしねぇだろ」

「ほかに借りられる人いないし」

「いるだろ、クラスメイトだって持っててておかしくないぜ、中学生なら」

ケイスケの顔が一瞬頭にちらついた。

「いないよ」

「どんなのでもいいのか」

「うん」

兄貴はベッドの下から段ボールを引き出し、いくつかのビデオを選んで僕に渡した。

タイトルだけでは内容を判断できないけど、どれも激しそうな雰囲気を醸し出していた。

「返すの、いつでもいいからな。見るときはちゃんとイヤホンしろよ」

「ありがとう」

ビデオを自分のTシャツの中に隠して立ち上がる。何かに追われるように兄貴の部屋を出ると、僕は思い切りため息をつき、それから深呼吸した。

僕より八つ上の兄貴は、数年前までこの街で一番かっこいい若者だった。オシャレでセンスがよく、佇《たたず》まいもキマっていて、いつもきれいな女性と付き合っていた。当時小学生だった僕の憧《あこが》れはもちろん兄貴で、兄貴のお下がりを着ることが夢だった。

そんな兄貴が高校卒業と同時に美容師を目指して東京へ行くのはとても自然だった。

「これお前にやるよ」

兄貴が家を出るときにそう言って僕にくれたのは、愛用していたレザーのジャケットだった。兄貴は僕がその服を欲しがっているのを見抜いていたようだった。

「高校生になるまで着るなよ」

僕は兄貴に言われたとおり、高校生になるまでそのレザージャケットを押入れの奥に大事にしまっておくことにした。

それから兄貴は二年制の専門学校を卒業したあと、一年ほど新宿の美容院に勤めた。この間、兄貴は一度も実家に帰ってこなかった。それは東京での生活が充実しているからに違いないと思っていた。そして僕の東京に対する憧れは日に日に増していった。

けれどある日、兄貴は突然この家に戻ってきた。三年ぶりの兄貴はすっかり変貌《へんぼう》していて、まるでどこか山の方から下りてきた浮浪者みたいだった。ヒゲはだらしなく生え、髪はぼさぼさで痩《や》せこけていた。僕の知ってる兄貴はもうどこにもいなかった。

家族の皆が「どうした？」と尋ねても、兄貴はほとんど何も答えなかった。ただ一言だけ「東京はもういい」とだけ呟いたのが僕には聞こえた。

旧友と会うこともなく部屋にこもる兄貴を励まそうと、僕はもらったレザージャケットを着てふざけてみせることにした。ところが三年ぶりに取り出したジャケットは青白いカビに侵され、ひどい臭いを放っていた。どうにかしなければとティッシュでカビを擦《こす》ったりしたけれど、ふわふわの綿毛のような胞子はあまりにも気持ち悪く、僕は思わず部屋のゴミ箱に吐いてしまった。

兄貴が帰ってきて数ヶ月後、しびれを切らした親父は突然兄貴の部屋へ行って、引きこもる息子をぼこぼこに殴った。そして自分の勤めている工場へと連れていき、無理やり働かせているうちに、兄貴はなんとか人間らしさを取り戻した。けれどそれはもう僕の知っている兄貴ではなかった。かつての活《い》き活《い》きとした眼差しは完全に失《う》せていた。親父と同じように、この街で働く大人たちと同じように、野心のかけらもなくわずかな給料のためにひたすら身体を動かし、スナックで飲んではぐでんぐでんになって帰ってくることばかりだった。

全部東京のせいだった。あのレザージャケットをダメにしたカビのように、大好きだった兄貴を東京がダメにしてしまったのだ。東京なんかなければ兄貴はこんな風にならなかった。

テレビにイヤホンを差し込み、デッキにビデオを挿入した。

目的は自慰行為じゃない。ちらちら映る男優にだけ意識を集中する。

僕は三角座りをして、ビデオを鑑賞した。つい女優に目が行くものの、思い改めて男優を見ると若干高ぶった興奮もすっかり萎《な》えてしまう。それでも目的のためにじっと耐えながら眺め続けた。

時折やってくる吐き気に耐えつつ、どうにか最後まで鑑賞し終えた。けど見る前と後で何かが変わったようには思えなかった。

無性に虚《むな》しくなった。馬鹿馬鹿しかった。

こんなことをしても理解なんかできるわけがなかった。闇雲に手当たり次第試したって、生理的に受け付けないものを受け入れられるようにはならない。

わかっている。わかっているけど、なにかしないと僕とケイスケの距離は離れていくだけな気がした。

でもほかにどうすれば。

もうなにもかも投げ出したかった。羽虫のようにぐるぐると頭のなかで飛び回る、ケイスケにまつわる全ての葛藤《かっとう》が煩わしかった。

ビデオを巻き戻す。初めから見直す。ズボンを下げる。自分のためだけに僕はもう一度これを見る。

＊

新学期、それなりのよそよそしさを携えて僕とケイスケは一緒に登校した。

会話の中身はいつもとそう変わらない。ケイスケの水泳の具合はどうだったとか、僕の方はドラゴンボールを全巻読み終えたとか、近所のばあさんが死んだとか、特にとりとめもない話だけを選んで歩いていく。校舎に入ると新クラスの割り当てが掲示板に貼られていた。

僕とケイスケは初めてばらばらのクラスになった。それを知ったとき、僕は少しだけほっとした。ケイスケといるといろんなことを考えすぎてしまって息苦しかった。

少し離れて時間が経つうちに、僕らはきっと元どおりになる。そんな風に楽観的に考えてみるのも悪くないと思った。

でもそうはならなかった。ケイスケとの距離がどんどん広がっていくのを僕はもうどうすることもできなかった。

ケイスケは水泳の大会に集中するため、部活とスクールの両方でばたばたしていたし、新たなクラスになじむため他の生徒と積極的にコミュニケーションを取っていた。ケイスケはそういうことが本当に得意だった。

僕の方はクラスメイトとそつなく過ごしてはいたけれど、あんまり馬が合わず、結局学校帰りは二年生のときと変わらず根津爺の家に寄ってばかりいた。変わったのは隣にケイスケがいないことだけだった。

何も知らない根津爺は遊びに行く度に「ケイスケはどうした？」と尋ねてきたが、僕は毎回「忙しいらしいよ」と同じように返した。一ヶ月もすると何かを察知したのか、ケイスケの名前を出すことすらなくなった。

ときどき学校の廊下でケイスケとすれ違う。「おっす」とか「よっ」とか手を挙げあったりはしても、二人とも別の友人を連れていたので話しかけたりはしない。ケイスケが男友達と群れていると、僕はついケイスケではなくその周りの人を見てしまう。それは、好きな人がこの中にいたりするのだろうか、とか不意に考えてしまうからで、複雑な思いと同時にまたあのカビの臭いが僕に意地悪をするのだった。

この複雑な思いの正体がまだ見出《みいだ》せず、僕は苦労していた。嫉妬《しっと》だったらまずいと思う。工藤先輩への恋心が発覚した時にもあったのだけれど、心の奥の奥の奥の奥に、どうせなら僕を好きになってほしかった、という思いがなくはないのだ。実際に好きになられたら困るし、僕は女の子が好きだけど、でもケイスケの恋愛対象が男ならば僕はその中にいたいと思う。でもそれってなんでだろう。僕の方がケイスケを知っている、という独占欲からくるもの？　それってマジ気持ち悪い。

ケイスケと学校ですれ違う度に、僕はうじうじとそんなことばかり考えてしまう。彼が同性愛を告白してから、自分自身がなんだかなよなよとしてきた気がして落ち着かず、まるで濡れた洋服を着ているような気分だった。

六月の半ばになっても僕の状況はよくならず、それどころか悪化していた。

思いたって僕はケイスケが泳ぐ姿を見に行くことにした。学校の室内プールは、校舎の二階にある体育館脇の出窓から眼下に眺められるような造りになっていて、女子生徒が泳ぐ際はカーテンが閉められるものの、県内でもトップクラスの男子水泳部においてはその泳ぎを見せつけるかのようにいつもカーテンが開いていた。

放課後、僕はそこに寄って出窓に腰かけ、ガラス越しに部員たちの様子を眺めた。

ケイスケは水泳部の部長になったようで、テキパキと部員や後輩に指示を出していた。その姿はどことなく工藤先輩を思わせた。

やがて自らも泳ぎ出す。素人目にもわかるほどしなやかでパワフルな美しい動きだった。

ケイスケが女を好きでいてくれたら、こんな思いをしなくて済むのに。

当のケイスケはどうなのだろう。人とは違う自分を知って不安じゃないわけないし、悩んでないわけない。苦しいに決まっている。それでもケイスケはそんなことはおくびにも出さず、ただ今を生きているように見えた。海で溺れてパニックになっていたケイスケの面影はもうなかった。

ふと我に返る。僕はこんなところで何をしているんだ。最近の僕はひどく錯乱している。ひとりでばかりいるからこうなるんだ。早く根津爺のところにでも行こう。去り際、やってきた他のクラスの生徒二人がさっきまでの僕と同じようにプールを覗き込んだ。

ひとりの声を僕の片耳が拾う。

「ケイスケかっけーなー、俺アイツとだったらヤれるかもな」

僕は本当にバカだ。こいつを殴ったところで何も解決しないし、憂さが晴れるわけでもないのに。

やつの襟首を摑《つか》んで頰に拳《こぶし》を食らわす。右手からバキッと音がしたが気にせず、もう一発鼻のあたりを殴る。もうひとりの男が僕の背中を蹴り飛ばしたので、振り向きざまに摑みかかって頭突きをする。殴られっぱなしだった男が、渾身《こんしん》の力を込めて僕の目元に一撃をかました。身体中のもやもやを吐き散らかすように腹の底から叫び、僕はまたやり返す。

先生が廊下の奥からやってきたので、急いでそこから逃げ、学校を抜け出して根津爺のところへ向かった。

根津爺はいつもの調理場ではまぐりを網焼きにしながら、カップ酒を飲んでいた。煙の奥から僕を一瞥《いちべつ》して「純、お前も食え」と言ったが、すぐにまた僕を見て「どうした、その顔」と近づいてきた。顔をぬぐうと手のひらに血が付いていた。

「ケンカか？　えらい派手にやったな」

そのときになって、右手の人差し指がパンパンに膨らんでいるのに気づいた。

「病院行ってこい」

僕が顔を横に振ると、「しかたねぇ野郎だな」と包帯とガーゼと消毒液と氷水の入ったビニール袋を用意してくれた。応急処置を施してくれた後、僕に紙皿と割り箸を渡して「食え。焼きすぎちまったけど、まだうめぇから」とはまぐりを指した。けれど右手が痛くてうまくはまぐりを摑めず、食べるのを諦めてしまいそうだった。

「ここんとこのお前の面は、まるで活きの悪い鯖《さば》みてぇだ。それ以上傷んだら誰にも相手にされなくなるぞ」

火が通りすぎて硬くなったはまぐりを頬張ると懐かしい磯の強い香りと甘みがして、僕は少しだけ気が楽になった。

「根津爺はさ」

「なんだ」

「寂しくないの？」

「ん？」

「いつもひとりでさ」

「ん」

「寂しくないの？」

根津爺は街一番の嫌われ者と言っても過言ではなかった。

漁業組合の仲間は同志のようになるのが普通なのに、根津爺は――僕とケイスケを除いて――誰とも群れようとしなかった。漁師としての才能がなければ今の仕事はきっと続けられなかったと思う。

家族も作らず、友達もいない。ただひたすら船に乗って五十年。そんな根津爺を皆避けていた。「あの爺さんに近づいてはいけない」というのがこの街の暗黙のルールだった。

僕が根津爺と初めて話したのは、兄貴が東京へ行ってすぐの頃だった。兄貴がいなくなって心細かった僕は、ちょっとした好奇心から根津爺の家にケイスケを連れてこっそり忍び込んだ。中を覗くと誰もいなかったけれど、戸は開けっぱなしで、僕らは鮮魚店の出入り口から入って水槽の中で泳ぐ魚たちをじっと眺めていた。

「何してる」

根津爺は戸の前で包丁を持って立っていた。逃げようとしたけれど根津爺が戸の前にいるので店から出ることができなかった。

「魚、好きなのか」

僕はどう答えるべきか迷ったあげく頷いた。

「そこにある好きなもん持ってこい」

そう言って根津爺は外へ出ていった。僕らは言われたとおり水槽で泳ぐヒラメやタコ、そしていくつかのはまぐりを掴み、根津爺のいる外の調理場へ持っていった。根津爺はそれらをその場で素早く捌き、刺身にしたり、焼いたりして僕らにごちそうしてくれた。今まで食べた魚のなかで一番おいしかった。

それ以来、僕らは根津爺の家に遊びに行くようになった。根津爺と関わっているのを知った両親や教師は「二度と行くな」と怒ったけれど、それでも気にせず足を運び続けると、やがてみんな見て見ぬふりをするようになった。

「どうして寂しいんだ。わしはここに魚と暮らしている。他になにもいらない。来るもの拒まず、去るもの追わず。変わらずにここで暮らすことが一番だ」

「もし、明日《あした》から俺がこなくなっても寂しくない？」

酒を飲もうとする根津爺の腕が一瞬止まったが、すぐにかっくらう。

「あぁ、寂しくなんかねぇ」

少し残った日本酒を口の開いたはまぐりの身にかける。じゅっと音がしたあと、酒の匂いがふわりと流れてきた。

「お前、なんか間違ってるな。人ってのはな、喜ぼうと思っても限界はあるが、悲しもうと思うと際限なく悲しむことができる。だったら最初から悲しまねぇことだ。なにがあってもわしは悲しんだりしない。ただの出来事として受け入れる」

根津爺の言うことはもっともだった。僕は全てに悲観的になっていて、そこから抜け出す道を見失っていた。

喜びは有限。悲しみは無限。ただ出来事として受け入れる。

僕は心の中でそう何度も繰り返した。

右手の痛みがほんの少し和らいだ。

＊

ケンカを理由に一週間の出席停止になった僕を親父は強く責めたけれど、右手の指が折れていたおかげで殴られはしなかった。兄貴は反対に、「大人の男になったたな」

とまた嬉《うれ》しそうに言った。

根津爺と話してから、僕はケイスケのことをあまり考えないように努めた。気がまぎれるよう、兄貴から借りたままのビデオを見たり、テレビゲームをしたり、マンガを読んだりしてだらだらと一日目を過ごした。

夕暮れ時、家のチャイムが鳴った。親父と兄貴は仕事で、母親はスーパーに買い物に出かけていたから、僕が出るしかなかった。

ドアを開ける直前、ふとケイスケが立っているような気がした。

けれど玄関の前に立っていたのは、クラスメイトの赤津舞《あかつまい》だった。赤津舞は三年生になって初めて同じクラスになった生徒で、派手でもなく地味でもない、ただ育ちの良さそうな印象の女の子だった。話したことは数えるほどしかなかった。

「私がプリントを持ってく係になったから」

赤津は目を合わすことなく、恥ずかしそうにプリントの入ったクリアファイルを僕に渡した。「ありがとう」と答えると彼女はそっけなく「じゃあ」と僕に背を向けた。

翌日も彼女は僕の家にやってきてプリントを届け、次の三日目は「テストが近いから」とノートのコピーも渡してくれたけれど、四日目、五日目は土日で来なかった。週末の二日間で気づいたのは、僕が赤津を心待ちにしていることだった。社会からはみ出したような気分だった僕にとって、彼女は唯一の窓口だった。六日目に来てくれたとき、顔には出さなかったけれど僕はとても嬉しかった。

出席停止期間最後の七日目、彼女がいつもどおりプリントを渡して帰ろうとしたので「あのさ」と僕は声をかけた。

赤津が振り返る。柔らかそうな黒い髪を夕焼けが赤く染めた。

「時間ある?」

僕の意図を読み取ろうとしたのか訝《いぶか》しげな表情を浮かべていたけれど、「別にあるよ」と彼女は返事をした。

「ちょっと、歩かない?」

視線を泳がせながらも赤津は首を縦に振った。

僕は着古したTシャツにジーパンというだらしない恰好《かっこう》だったけれど、そのままつっかけに足を通して制服姿の彼女と歩いた。久しぶりの外はずいぶんと暑くなっていて、汗がにじむほどだった。

僕らは会話することなく、だらだらと歩いた。赤津とときどき目が合ったけれど、彼女はすぐに視線をずらし、気まずそうに俯《うつむ》いた。

防波堤は釣り人で賑《にぎ》わっていた。僕は気にせず彼らの横を通り過ぎて、突端まで進んでいった。僕はいつものように防波堤の岸側に足を投げ出して座ったけれど彼女は所在無げに立ったままで、「座ったら?」と声をかけると、赤津はバッグを座布団代わりにして僕の隣に三角座りした。

「右手、痛い？」

「あんまり痛くない」

全治三週間と言われていたけれど、どうにか動かせるくらいには回復していた。

太陽はより一層赤みを帯び、山の方へと向かっていく。

「どうして、ケンカなんかしたの？」

「むかついたから」

赤津の顔をこれほど近くで見たのは初めてだった。こんな顔だったっけ、と僕は思った。

「むかついたら、いつも人を殴るの？」

瞳は色素が薄くて、茶色がかっていた。

「殴らないよ、初めてだよ。人殴ったの」

「でも、すごい勢いだったよ」

「見てたみたいな言い方だな」

「見てたもん」

彼女はバスケ部のマネージャーで、あのときは体育館で練習をしていたらしく、廊下の外まで転がってしまったボールを拾いに行ったところ、ちょうど僕が相手に殴りかかるのを見たそうだ。

　頭に血が上っていたので全然周りが見えていなかったけれど、そういえばやってきた先生はバスケ部の顧問だった。

「じゃあ、どうしてむかついたの？」

　ケイスケのことで、とは口が裂けても言えなかった。

「水泳部のやつをさ、バカにした感じで話してたから」

「でも、別に水泳部と関係ないでしょ？」

　額を触ると、切れた部分のかさぶたがめくれそうになっていた。

「頑張ってるやつちゃかすのとか、むかつくだろ」

　しどろもどろになりながらそう言うと、赤津は「ふーん」と天を仰いだ。

「っていうかバスケ部練習あったろ。毎日俺のところに来て平気だったの？」

　どういうわけか、彼女は口を閉ざしてしまって、再び沈黙が僕らを包んだ。打ち解け始めたと思ったのは僕の勘違いだったのだろうか。

　数羽の海鳥がどこからともなくやってくる。

「私がプリント持ってくって言ったの」

　思いがけない言葉に僕は戸惑った。

「マネージャーは私ひとりじゃないし、行かなくても回るから、問題ないの」

そう言って赤津はまた黙り、口をすぼめた。

「なんで」

鳥たちが港内の水面で飛び跳ねる小魚を追いかけ回している。

「なんとなく」

つぶらな瞳の上にある長い睫毛《まつげ》が頬に影を作り、まばたきをする度に動いた。目の前で鳥が飛んでいるせいか、羽のようだな、と僕は思った。

太陽が少しずつ山に沈んでいく。この街の太陽はいつも、山に沈んでいく。

＊

学校に復帰すると、僕の居場所はいよいよなかった。出席停止を食らっている間にケンカの話は相当広まっていて、僕は何の理由もなく人を殴った危ないやつということになっていた。ほとんどの生徒が殴られた相手側に同情したのだろう、同級生たちは僕を無視し、まるでいないものとして扱った。前々から感じていた居心地の悪さはついに限界へと達したが、そんなときに考えるのは根津爺の「なにがあってもわしは悲しんだりしない。ただの出来事として受け入れる」という言葉と赤津舞の存在だった。

結局赤津は最後まで、どうして自らプリントを渡す係に名乗り出たのか言わなかった。僕はその理由について思案したけれど、いまいちピンと来なかった。好意を寄せてくれていたのだとしても、こないだまでほとんど関わる機会はなかったし、それらしいきっかけは思い当たらず、そもそも女の気持ちなんていくら考えてもわかるわけなかった。

ただ僕の方は、赤津と防波堤まで歩いたあの日から――初めてプリントを持ってきてくれた日からかもしれない――彼女のことが気になっていた。自分が仲間外れにされるだけならなんとか我慢できたが、赤津が僕のせいで同じ目にあっているのだとしたら僕はまた誰かをぶん殴っていたと思う。けど赤津には今も変わりなく友達がいて、部活も続けていた。おそらく周りに生徒がいないタイミングで、先生に直接名乗り出たんだろう。

僕と赤津の距離が急激に縮まったのは期末テスト直前からそれが終わるまでにかけてだった。

一学期の間、僕は授業をほとんど上の空で過ごしていたから、中間テストはなんとか乗り切れても、期末テストが悲惨な結果に終わるのは目に見えていた。でもまだ諦める気はなかった。

何もかもに投げやりだった僕だけれど、学力にだけはこだわっていた。それはケイスケの「高校もまた一緒のところ行こうよ」という一言がまだ忘れられなかったからだった。

頼みの綱は赤津だけだった。彼女が届けてくれた黒板の写しは彼女の頭の良さがにじみでていてとてもわかりやすかったし、それに味方となってくれそうな人も赤津の他に思いつかなかった。

彼女の机に「期末の勉強を教えてほしい」と書いた手紙を入れて返事を待った。翌日、赤津の家の地図と「いいよ。今日から二週間ね。帰りにうちにきて」と書かれた手紙が僕の机に入っていた。

それから二週間、赤津は僕の家庭教師になった。勉強する場所は決まって赤津の家だったけれど、僕と一緒にいるところを見られて赤津がとやかく言われるのは避けたかったので好都合だった。

赤津のおかげで期末テストは中間よりもいい成績をとることができた。そして夏休みに入ってすぐ、僕は赤津と付き合うことになった。

告白はどちらからともなくだった。

「彼氏とかいないの？」「いないよ、付き合ったことないもん、そっちは」「俺もないよ」「好きな人とかはいるの？」「あー、まぁー。赤津は？」「え、んん、まぁ」「なんだよその返事」「そっちこそ」「どんな人？」「ケンカする人」「じゃあ俺じゃないいな」

「そっちはどんな人？」「俺に勉強教えてくれる人」「……そっか」「じゃあ、付き合う？」「なんでそんなに上から目線なの」「いやなの」「別にいいよ」

そんな具合だった。

付き合う際僕は赤津に、交際を誰にも口外しないでほしいとお願いした。仲間外れの僕と付き合って赤津まで巻き込むのは辛抱ならないからだ、と彼女に理由を伝えたけれど、本当のところはケイスケに知られたくなかったからだった。僕はどうしてか、赤津と付き合うことがケイスケに対して後ろめたかった。それにケイスケが僕に彼女がいることを知ったら、僕らはもう元どおりになれない気がした。

赤津とは家庭環境も趣味も全く違うのに、なぜかとても話が合った。僕の話を興味深く聞いてくれたし、僕は赤津の話を聞くのが好きだった。それになにより赤津は僕が嫌がるようなことを決してしなかった。兄貴の過去を聞かれたとき、僕が少し嫌な顔をしただけで彼女はもう二度と兄貴のことを口にしなかったし、ケイスケとのこと——僕とケイスケが仲がよかったことを同級生はみんな知っている——も同じだった。

ひとりの女の子としても、赤津はひいき目なしに可愛かった。しっかりした眉《まゆ》、少し離れた目、耳たぶのほくろ、小さくて柔らかい手、笑うとくしゃっとなる顔。どれをとっても抜群だった。そんな彼女と過ごせるだけで僕はとても幸せだったし、一緒にいるときはケイスケのことも忘れられた。

僕と赤津は隣街で待ち合わせをしてデートしたり、親がいないときはお互いの家でゲームをしたり——赤津の家族は夏休みの間頻繁に旅行に出かけていたが、赤津は塾の夏期講習があるため留守番をすることが多かった——マンガを交換して読んだりして過ごした。彼女と過ごす時間が増える分だけ、根津爺の家に寄る日は減っていった。

八月に差しかかり、港の横にあるビーチは混雑のピークを迎えた。うだるような暑さに街中がげんなりした日の夕暮れ過ぎ、家族連れやカップルたちがビーチから帰っていくのを横目に、僕は母親におつかいを頼まれてスーパーまで自転車を飛ばしていた。

根津爺の家を通り過ぎたあたりで、向こうから歩いてくるケイスケの姿が目にはいった。彼は水泳帰りらしく、スイミングスクールのロゴがプリントされたビニールバッグを担いでいた。

すれ違いざま、いつもなら手を挙げる程度の挨拶《あいさつ》で済ませるのに、僕はなぜかペダルを漕《こ》ぐ足を止めてしまった。それに呼応するようにケイスケも僕の前で立ち止まった。

「おっす」

「おっす」

油断していたのもあってうまく振る舞えない。とりとめもない会話でつなぎたいけれど、僕の近況は赤津のことくらいしかなくて話題に困る。

「どうよ、水泳」

「明日大会だから、今日は仕上げって感じだよ」

僕の動揺と反対に、ケイスケはとても落ち着いていた。

「頑張ってな」

僕より小さかったはずのケイスケは少し会わないうちに僕よりも大きくなっていて、顔つきも大人っぽくなっていた。それに声も心なしか低くなった。あのカビの臭いが鼻を掠《かす》める。

「見にきてよ、もし時間あったら」

ケイスケがまるで道に迷った子供に話しかけるように穏やかな笑みを浮かべてそう言ったので、気恥ずかしくなり、あやふやに「あぁ」と返事をした。

「じゃあ」

彼が去っていくのを見送ると、僕はしばらくその場で放心した。

ケイスケは記憶からあの日の出来事がすっぽりと抜け落ちたみたいな態度で僕と接してくる。むしろ、全部僕の夢だったのではないかと思うほどだ。

でも確かにあの防波堤で、今よりも少し小さかったケイスケは泣いていた。

僕は忘れたくても忘れられない。今もあの日を引きずっている。

暗くなっていく空の下で、ケイスケの男らしい背中がどんどん遠くなっていく。

どうして僕が置いてけぼりになっているんだろう。

彼の背中が完全に見えなくなったとき、僕は無性に赤津舞に会いたくなった。

来た道を引き返し、角を曲がり、海を背にして全速力で坂を上る。夏の湿った重たい空気を振り切るように、必死にペダルを回す。

激しい息切れも気にせず、僕は自転車を降りて鍵《かぎ》もかけずに赤津の家のチャイムを鳴らした。

音がしたので見上げると、二階の窓から赤津が顔を出した。彼女は少しびっくりした様子で、「ドア開いてるから。上がって」と僕に言った。

階段を上って部屋に入ると赤津の匂いがして、鼻の奥に残っていた嫌な臭いは自然と薄まっていった。デートの時よりも飾り気のない彼女の姿もまた僕を安心させた。乱れた呼吸が少しずつ落ち着いていく。

電気は消えていて、窓の向こうの空には赤と紺の光がにじんでいた。

「突然どうしたの？」

赤津の机には参考書や過去問集が開かれていたけれど、息抜きでもしていたのか、彼女の手にはマンガがあった。僕はそれを取ってぱらぱらとめくった。

「お姉ちゃんが貸してくれたの。今流行《はや》ってるんだって」

あるページが目に入り、僕は思わずそのマンガを手から離してしまった。

消えたはずのカビの臭いが一気に蘇り、頭がくらくらする。

「大丈夫？」

美しく描かれた男子高校生二人がキスするイラストは、船の陰にいた工藤先輩たちの姿、そしてさっき見たばかりのケイスケの笑顔を強烈にフラッシュバックさせた。

こんなにきれいじゃない。ケイスケも工藤先輩ももっともっと生々しくて、気持ち悪くて、いくらデフォルメしたってこんなマンガみたいになんかならない。それにみんなもっと葛藤していて、苦しくて、そんな人たちを美化して誰かが面白がるなんて、最低だ。

カビの臭いが急速に強まっていく。

やばい、気持ち悪い。

「純？」

僕は赤津に思い切り抱きついた。

「え、何？」

彼女の髪からシャンプーの匂いがする。僕はそれを思い切り吸い込んで、何度も呼吸を繰り返した。

それでも鼻の奥にこびりついた臭いは消えなかった。

赤津をベッドに押し倒し、馬乗りになって彼女を見下ろす。

「ちょっ、純？」

嫌な臭いを少しでもごまかしたくて、僕は彼女の唇を貪《むさぼ》るように吸った。一方で僕の興奮は抑えられないほど膨張していった。たまらずシャツの裾《すそ》から手を入れて肌に触れる。赤津が服の上から僕の腕を押さえるけれど、僕はそれを払って、下着の上から胸を摑んだ。

「ねぇ、どうし……ん……」

彼女のシャツと下着を強引に胸の上までまくり上げる。白くてふっくらとした乳房があらわになると僕はいよいよおかしくなりそうだった。そこには一種の感動もあった。薄いピンクの乳頭に口をつけると、赤津から声にもならない声が漏れる。

右手を彼女のスカートの中に滑り込ませる。太ももはきめ細かくさらさらとしているけれど、奥にいけばいくほど湿度を感じ、熱がこもっていた。再び彼女が僕の腕を摑む。さっきよりも強い力だった。

彼女は恥ずかしげに首を横に振った。けれど僕は彼女の下着を下ろし、赤津の大事な場所に手を当てる。初めての感触に心臓が激しく脈打った。彼女のいやらしい毛先が僕の手のひらを撫でる。指をぐいっと押し込むと、粘った液体が僕の人差し指にまとわりつく。

彼女は声を押し殺そうとしたが、ついに高い声であえいだ。その声が僕の耳に届く度に、僕自身がむくむくと屹立《きつりつ》していくのを感じる。

僕は汗で濡れたTシャツを脱ぎ、ズボンとパンツを脱いで裸になった。自分でも驚くほど、下半身はかちかちになっていて、はちきれそうだった。

赤津が不安げな眼差しで僕を見つめる。怯《おび》えていて、弱々しくて、僕が初めて見る表情だった。

僕は赤津の上に覆いかぶさり、それを彼女へと近づける。僕の尖端《せんたん》が彼女をさする。なかなか挿入できないものの、やがて僕と彼女はひとつになる。

「うっ……い、いたっ……」

彼女のなかはとても熱く、僕は今にも生気を奪われそうだった。兄貴に借りたビデオを思い出し、見よう見まねで腰を動かしてみるが、うまくできない。不器用に腰を振るたびに赤津が苦しそうな声をあげる。赤津のあそこはきつくて、僕のものがちぎれてしまいそうだった。

徐々に動きに慣れ、僕はリズムよく腰を振った。赤津は瞼をぎゅっと閉じ、歯を食いしばっていて、僕はその口元をこじ開けるように舌をねじ込んだ。交わる唾液《だえき》と下半身から鳴るくちゃくちゃとした音が、どんどん僕を僕ではないものにさせた。

すぐに絶頂がやってきて、僕は彼女の腹部に勢いよく射精した。

僕は力尽き、赤津の横にばたりと倒れ込んだ。

はぁはぁと漏れる二人の息が重なる。

いつのまにか部屋は暗くなっていて、窓から差し込む街灯と月明かりでかろうじてあたりが見える程度だった。カビの臭いはどこかへ霧散していた。

「ごめん」

ささやくようではあったけれど、僕は心の底からそう思って言葉にした。赤津は何も言わず、僕の胸に顔を埋《うず》めた。

「ごめん」

僕はもう一度謝った。それでも彼女は何も反応しなかった。胸のあたりが温かくなり、僕は少し身体を引いて胸元を手で触った。濡れているので、僕は赤津の髪をかき分け、彼女の顔を見た。

赤津舞は静かに泣いていた。

どう声をかけていいかわからなかった。彼女は無表情のまま僕の身体の先のどこか遠くを見ていて、何を考えているのかわからなかった。

怖くなった僕は立ち上がってベッドの横に落ちた服を拾った。汗で濡れていたTシャツを身に着けると、冷たくて気持ち悪い。

「純」

部屋のドアに手をかけた時、赤津が震えた声で僕の名前を呼んだ。彼女はさっきと同じ体勢のまま、僕に背を向けていた。

「好きだよ」

彼女の言葉にドアを閉めることができず、開けっ放しのまま階段を下りていった。

＊

夜陰が薄暮を追いかけていくなか、僕は自転車を引きながら無心で歩き続けた。街の端から端までを行ったり来たりした後に港に戻ると、数時間前まで賑わっていたはずのビーチには人ひとりいなかった。

調理場のシンクに自転車を立てかけて戸を開ける。根津爺はかろうじて起きていて、「こんな時間に来んじゃねぇ」としゃがれた声で僕をどやした。けれど僕の様子を見るやいなやすぐに表情を切り替え、なぜかにやにやと笑った。

「お茶入れてやるから、待ってろ」

根津爺の部屋に入ると、棚の上にはまだ「妄想ライン」が掲載された例の文芸誌が置かれていた。

うか。

久しぶりに読んだら、あのときには感じられなかった何かがわかったりするのだろうか。

そんな衝動に駆られ、僕は文芸誌に手を伸ばした。ふと自分の右手が視界に入る。右手の指は血で赤く染まっていて、動かす度に乾いた部分がぽろぽろと剝《は》がれた。慌ててパンツの中を見る。股間《こかん》のまわりも同じように赤くなっていた。

根津爺が急須《きゅうす》と湯飲みを持ってきたので、僕は両手をポケットに突っ込み、座布団の上に座った。

「久しぶりだなぁ。女にでも振られたか」

煎茶《せんちゃ》が湯飲みに注がれる。

「別に。そんなんじゃない」

僕は左手を湯飲みへと伸ばした。持ちづらいけれど、不自然にならないよう口元へ近づける。煎茶はあまりにも熱くて火傷《やけど》しそうだった。

「じゃあ、うまくいってんのか」

「何が？」

「きまってるだろ。彼女とだよ」

根津爺の言う「彼女」が誰を指すのかわからなかった。

「お前彼女できたんだろ？」

赤津のことは誰にも知らせていなかったし、赤津が口外するようにも思えなかった。

「何で知ってんの？」

「ケイスケから聞いたんだよ。可愛い子なんだってな」

胃のあたりをずんと殴られた気分だった。

どうしてケイスケが。

「で、どこまでいったんだ」

僕とケイスケをどうにか繋《つな》いでいた細い糸がぷつりと切れる音がした。

「ごめん、行くわ」

「なんだよ、話聞かせてくれよ」

根津爺の家を後にして、ビーチサイドへと歩く。砂浜にはしけた花火や貝の死骸《しがい》や藻が散らばっていて、僕はようやく居場所を見つけたような気分になった。

真っ黒い海を満月が照らし、一筋の道を作っている。

右手を月にかざす。赤津の血はまだ僕の手にこびりついていた。ぱくりと指を咥《くわ》えてみる。鉄の味が口に広がり、ざらざらとした感触が喉を通っていった。

指をしゃぶり、手のひらや甲を舐《な》めてきれいにしてもう一度右手をかざす。手は元どおりに見えたけれど、でも本当にきれいになったかというと実際はそうでもなく、僕の唾液で濡れた手は、さっきにも増して汚いように感じた。

ふと僕は思った。ケイスケをうまく理解できない僕が、赤津舞を勝手に犯した僕こそが、とてもとてもとても汚らしい存在なのかもしれないと。こんなにも周りに迷惑ばかりかけてしまうのは、僕自身が誰よりも汚れているからに違いない。そしてその汚れを他の人にも移しているのだとしたら、僕は本当に最低の人間だ。

思いがけず浮かんだ考えは、僕に途方もない悲しみをもたらした。

重くのしかかる悲しみに耐えきれなくなり、僕は頭のなかで一生懸命根津爺に教えてもらったことを繰り返した。

——喜びは有限。悲しみは無限。ただ出来事として受け入れる。喜びは有限。悲しみは無限。ただ出来事として受け入れる。喜びは有限。悲しみは無限。ただ出来事として——

けれど無限の悲しみはどこまでも僕を埋め尽くしていく。

砂の上に涙が落ちる。しかしすぐに吸収され、跡形もなくなる。

僕は空っぽだ。無価値だ。

打ちひしがれていると、右手の指先にじわりと青い何かが現れた。よく見ると細かい綿毛のようなものが生えている。僕はそれに見覚えがあった。カビだ。兄貴のレザーに付いた青白いカビ。びっくりした僕は慌ててそれを取り払おうとするけれど、カビはちかちかと光を発しながらみるみるうちに腕全体を覆っていった。そして肩、胸、お腹、股間、脚――とにじむように身体中に拡散していく。こすったり、引っかいたり、叩いたり、海砂を掴んで洗ったり、あらゆる方法を試して落とそうとしたけれど意味はなく、全身はあっという間にカビに蝕《むしば》まれ、僕はついに青白い発光体になってしまった。

とうとう僕はおかしくなってしまった。きっと壊れてしまったんだ。もうどうすることもできないほどに。

ふと海を見た。カビ塗れの僕をきれいにしてくれるのはもはや海しかない気がした。砂の声が聴こえる。波の歌が僕を誘う。

導かれるままに海に浮かぶ月の道を目指した。

服を脱ぎ捨てて裸になって歩いていく。波際に立つと砂が僕の足をくすぐった。ひんやりとした海水をかき分けて、ゆっくりと身体を浸《つ》けていく。まとわりついていた青白い綿毛は少しずつ身体から剝がれ、ふわふわと浮かんでまるで灯籠《とうろう》流しのように海に流れ出していった。

月を目指して進んでいくうちに、海水が首元まで上がってくる。続いて口、鼻、耳、目、頭、髪。僕を毒していたカビが海に流れていく。

だんだん海底に足がつかなくなる。海が僕の全身を飲み込み、より深い場所へと連れていく。

息苦しくなると身体は勝手に動いて、無意識に足を掻《か》いてしまう。水面に顔を出すけれど、波が顔にぶつかりうまくできない。

これ以上行ったら死んでしまう。しかし足は止まらなかった。生きようとする身体と死んでもいいと思う頭が僕のなかでごっちゃになっていて、もうこの海に身を任せるほかなかった。

意識が朦朧《もうろう》としていき、ついに全身の感覚が完全になくなった。僕は全てを諦め、瞼を閉じた。身体がゆらゆらと海へ沈んでいく。

人はよく死ぬ間際に「走馬灯のように過去のことが思い出される」というけれど、僕の頭には何ひとつ浮かばなかった。どこまであるのかわからない、ただ真っ黒い闇だけがあった。ケイスケの顔、赤津の顔を思い出そうとしても、どんな風だったか全く思い出せない。

こんなことならもっとしっかり見ておくべきだったたな。

海底に触れたのか、背中に柔らかい砂のようなものを感じた。

このまま僕は腐り果て、魚の餌になって、そして海の一部になるんだ。最低な僕にはそれぐらいがちょうどいい。

けれど次の瞬間、僕に触れたのは砂ではなかった。もっと生きているものの感触だった。

海面に引き上げられた僕は、咳《せ》き込み、飲んだ海水を吐き出した。全身がしびれて言うことをきかない。塩水のせいでありとあらゆる粘膜がひりひりする。息を繰り返すとヒューヒューと隙間風みたいな音がした。

「……純ちゃ……っかり……あと……こし……」

誰かが近くで話しかけるけれど、僕の呼吸と波音にかき消されて聞き取れない。にじんだ視界の向こうで曖昧な輪郭の月が揺れている。

僕は誰かに助けられたみたいだ。それが誰なのかはかすかに聞こえる声でだいたいわかった。

ケイスケは僕の両脇に手を入れ、引っ張るように泳いでいた。

少しずつ身体の感覚が回復していくけれど呼吸はまだままならない状態だった。水深が浅くなるとケイスケは泳ぐのをやめ、立ち上がって僕を担いだ。

「下ろして」

ケイスケにはこれ以上頼りたくなかった。

「でも」

「もう大丈夫だから」

そう言うとケイスケは水際にそっと僕を下ろしたが、思った以上に力が入らず僕はその場にへたり込んだ。

ケイスケを見上げる。顔と裸体が月明かりに照らされて浮き彫りになっていた。顔色は悪く、身体は小刻みに震えていた。そしてあらゆる部分に、さっきまで僕にこびりついていたカビが付着していた。

「ごめん」

痛み止めが切れたみたいに、ごまかしていた感情が一気に決壊した。

「ごめんよ」

どれだけ繰り返せば懺悔《ざんげ》になるのかわからず、僕は何度も何度もそう言った。

「謝らないでよ、純ちゃんは何も悪くないよ」

「悪いんだよ。全部、全部俺が悪いんだよ」

僕の右手からまた青白いカビが生え、さっきと同じように光りながら全身を這《は》っていく。

「俺がケイスケを理解してやれなくて、ケイスケの苦しみをわかってあげられなくて、こんな風にしてケイスケを汚してしまって、俺が全部だめにしてしまったんだ」

ケイスケはしゃがみ込んで僕を抱きしめた。すると青白いカビはケイスケに移ったカビと結びついてひとつになり、僕らをまるごと包み込んでいった。

「あのとき俺がちゃんと向き合ってれば、俺はケイスケを傷つけずに済んだのに、変わらず一緒にいられたのに、俺がケイスケから逃げたから、ケイスケから逃げたから、もう取り返しがつかなくなって、どうしようもなくなって」

あふれ出る涙を青白い光が照らす。ケイスケが優しく僕の肩を叩く。

「理解なんかしなくていいんだよ。僕は純ちゃんと違うんだ。でもそれでいいんだよ。違くたって僕は純ちゃんの友達だし、僕は純ちゃんが好きなんだよ。理解なんて、僕らの間にはなんの意味もないんだ」

「でも、でも」

そこにいるのは確かに僕の知っているケイスケだった。半年前と何も変わらない、幼なじみのケイスケ。

「ありがとう、純ちゃん」

ケイスケは僕以上に泣いていた。

僕は自分の思いを言葉にできなくて、代わりにケイスケの肩に腕を回して力を込めた。

「だめだよ、俺に優しくしちゃ」

二人を覆っていたカビがするするとこぼれ落ちていく。

それ以上僕らは何も言わなかった。裸のまま気が済むまで泣き続けた。

「おい！　純！」

僕の名前を呼ぶ先を見ると、スズキ・ワゴンRがヘッドライトを眩しく光らせていた。

＊

僕の帰りがあまりにも遅かったので母は何か事件に巻き込まれたと思い、警察に連絡して行方不明者届を出そうとしたけれど、受験を控えている僕が一度暴力沙汰《ざた》で出席停止になっている上に警察の厄介になるのはまずい、と兄貴が自ら車を飛ばして僕を捜してくれたらしい。母は僕の行方を知っていそうなケイスケの家に連絡を入れ、その知らせを聞いたケイスケも、翌日に大会を控えているにもかかわらず、心当たりのある場所を巡ってくれたそうだ。

僕はケイスケに助けられ、兄貴に保護された。家に着くと母は安心して泣き出し、親父は叱りつけるかと思いきや、黙って酒を飲んでいた。

翌日、僕は赤津に電話してこれからケイスケの大会を観に行かないかと誘った。「俺といて何かされそうになっても、絶対に舞のことを守るから」と電話越しに言うと、赤津は潤んだ声で「うん」と言ってくれた。

ケイスケはバタフライ百メートルとメドレーリレーに出場したが、結果は三位と五位だった。僕のせいで、と言う前にケイスケは「自分のせいとか思わないでよ、これでも自己ベストだし、いい結果なんだから」と気遣ってくれた。本当は僕が気遣うべきなのに。

そうして僕の中三の夏は終わった。

中学を卒業し、僕らはばらばらの高校に通うことになった。ケイスケはスポーツ推薦で東京の進学校に、僕は地元の水産高校に進学することになった。赤津は県内の私立に入学した。年を重ねるにつれて次第に連絡を取り合う回数も減っていった。僕と赤津は特に理由もなく別れてしまった。ケイスケが地元に帰ってくれば会うこともあったけれど、その頻度もだんだん少なくなった。

今思えば、ごく自然のことだったと思う。

僕は高校卒業後、根津爺の後を継いで魚屋兼漁師となった。その根津爺も昨年亡くなった。老衰だった。根津爺の遺書に従い、僕はひとりで火葬式から海への散骨の段取りをした。ケイスケに連絡を入れたが、返事はなかった。

散骨するために船を出す朝、準備をしていると元漁師だと名乗る老人が僕のところへやってきて「俺も乗せてくれ」と言った。

彼は若い頃の漁仲間で、かつてはもう一人の漁師と一緒に働いていたそうだ。家族のように仲のいい三人だったが、いつものように漁に出たある日、ひどいうねりに見舞われて船が転覆するという事故が起きた。根津爺とこの老人は助かったものの、もう一人の漁師は帰らぬ人となり、それ以来二度と船に乗るのをやめたと彼は語った。「しかしあいつはそれでも漁を続けた。そんなあいつを見てみんな『ひとでなし』と言った。でも俺は違うと思った。あいつがどうして漁を続けたのかはわからないが、きっとあいつなりの信念があって漁を続けてたんだ。でも孤立していくあいつを助けてやる気力は俺にはなかった」

――人ってのはな、喜ぼうと思っても限界はあるが、悲しもうと思うと際限なく悲しむことができる。だったら最初から悲しまねぇことだ。なにがあってもわしは悲しんだりしない。ただの出来事として受け入れる――

根津爺の言葉が頭のなかで何度も繰り返される。

僕が漁師になると言ったとき、根津爺は止めはしなかったが、ただ一言「海で死ぬな」と言った。

海上で骨壺を開けると、遺灰は風にさらわれ、空に流れていった。あまりに早く骨壺が空になったので、根津爺はここに帰ってきたかったんだと僕は思った。

「根津爺さんは、どんな気持ちで純とケイスケくんのことを見てたんだろうね」

常磐《じょうばん》自動車道の長い道のりを終え、三郷《みさと》JCTから首都高へ入ると東京は目前だった。

「ケイスケくんは今どうしてるの？」

「ずいぶんと連絡とってないけど、俺が最後に聞いたのは、オリンピックを目指す子供たちの水泳指導をしてるって話だった」

「水泳やめちゃったんだ」

「大学のときに肩を壊したからな」

生まれて初めての東京に身体が少し強張るが、助手席の結子《ゆりこ》にかっこ悪いところは見せたくなかった。深呼吸して車を走らせているとカーナビが愛想もなく「東京に入りました」と報告する。

「妄想ライン」とは違って残念ながら乗っているのは高級車カイエンではなく、兄貴のお下がりの三代目スズキ・ワゴンRで、助手席にいるのはくるくる変わる謎の女ではなく、来《く》月結婚を予定している婚約者の結子だった。

ただ奇しくも、目指しているのは「妄想ライン」と同じ場所だった。結子の親に挨拶をするため、彼女の地元である新横浜まで車を走らせていた。

「親に会う前にはちゃんとスーツに着替えてね。こんなカビだらけのレザー着てたらパパに嫌われちゃう」

「わかってるよ」

さて、十三年ぶりの答え合わせをしようじゃないか。

僕は神田橋《かんだばし》を越えたあたりからカーナビのマップと景色を何度も見合わせ、右側に現れるだろう新宿を待ちわびた。

「妄想ライン」に描かれた東京は果たして本物か。工藤先輩は東京へ行ったことがあったのか。

高揚するのもつかの間、首都高は代官町《だいかんちょう》を越えたあたりから地下へと潜った。新宿がある方向に目を向けるが、そこにはピンクのネオンどころか灰色の壁しかなく、ようやく地上へ出た頃には新宿はとても見えそうになかった。あまりにもあっという間の出来事で僕は肩すかしを食った。

他にルートがあるかもしれないと思ったが、第三京浜に乗り換えることから逆算すると、このルート以外は不自然だ。

つまり「妄想ライン」の記述はデタラメでちっとも事実に基づいていなかったということになる。

ケイスケとの賭けに僕は勝った。けれど、なぜかちっとも嬉しくなかった。流れていく街灯がぼんやりとにじむ。袖口《そでぐち》で目元をぬぐうとかすかにカビの臭いがした。

「どうしたの？」

「いや、なんでもない」

帰る前にもう一度連絡してみるか。
ＦＭをつける。女性が読み上げる天気予報は確かに棒読みだった。

あとがき

本作は僕にとって初めての短編集でした。前作まで続けた渋谷《しぶや》と芸能界というテーマを捨てて短編に取り組んだのは、新たなテイストに挑戦したかったからに他なりません。短編集ならば、和洋中フレンチというように、様々な作風が混在していても楽しんでもらえるし、より自分を試せると思ったからです。読み返してみても、その精神が多分にあったことは間違いありませんでした。

「染色」は実際に手をカラースプレーで塗る女性を見かけたところから着想を得ました。美大卒の友人に大学時代の話をチャットで聞いたり、知り合いの画家のアトリエまで行ったりしたのもいい思い出です。エンタメ的な目立つ展開というよりは、少し歪《いびつ》な男女の出会いから別れまでを静かに描くという狙いで作った小説です。

「Ｕｎｄｒｅｓｓ」はサラリーマンをテーマに書いてほしいという依頼を頂き、あえてサラリーマンをやめる話にしました。「染色」は描写にこだわっていましたが、こちらは逆にストーリーの構造や伏線などを意識したエンタメ作にしようと思いました。

そのように、前作を受けて違う方向に振り切りながら作っていったのがこの短編集でした。

　次に取りかかったのが、実際に僕に届いた企画書をもとにメタ的な視点も取り入れた「恋愛小説（仮）」です。作中にある「恋愛小説とは何か」と友人と話し合うシーンは本当にあったのですが、気づけば「グレート・ギャッツビー」の面白さについて話していました。本作に関しては、ファンタジーの要素を含む小説を自分がどこまで描けるかという課題もあり、その手応《てごた》えをもとに次作の「イガヌの雨」を書きました。

「イガヌの雨」は「食」というテーマの依頼だったのですが、「食べられるもの」と「食べられないもの」の境界線は果たしてどこなのか、という疑念を小さい頃から持っていました。毒性に関するものは納得がいくのですが、倫理観となってくると、どこまでが許されるものなのかという線引きはとても不明瞭《ふめいりょう》なものです。韓国で犬が食べられていたという話に顔をしかめる人はたくさんいますが、ならば牛や豚にはなぜ顔をしかめないのか。また、執筆の少し前に生レバーの提供が禁止になったり、ニホンウナギがレッドリストに入ったりし、ならば美味《おい》しい宇宙人が現れたとき、人はどうするのか、というところまで、話を膨らませていきました。当時の自分にとってこれは意欲作で、今でも愛着のある作品です。

「インターセプト」は一つの作品に追うものと追われるもの、その表と裏が中盤でひっくり返るような作品にしようというところから、考えました。「Ｕｎｄｒｅｓｓ」

と近い部分もありますが、これほど短いストーリーにミステリー的要素をうまく取り入れられたのは、新たな自分との出会いともなりました。

続いて文庫版のみに収録された「おれさまのいうとおり」は、僕自身がドラマ「時をかける少女」に出演するという流れから頂いた原稿依頼でした。名作「時をかける少女」のオマージュをさせていただくのは大変おこがましいのですが、タイムリープものを移人称で描きたい！という思いから、このような形になりました。拙著のなかでもっともふざけた作品かもしれません。筒井《つつい》先生、本当に申し訳ありませんでした。

そして最後の「にべもなく、よるべもなく」。冒頭に登場する「妄想ライン」は僕が高校時代に書いた実際の掌編でした。僕が作家を志すようになったきっかけの作品とも言えますが、ここに使うに当たり読み直したときはあまりの拙《つたな》さに愕然《がくぜん》とし、そのまま使うわけにもいかず推敲《すいこう》しました。とはいえ九年前の過去作に赤を入れるのは感慨深いものもありました。

同性愛を扱ってはいますが、自分と他者との絶対に同一視できない部分というのは普遍的なものだと思っています。だからこそどう受け入れるか、という姿勢を自分なりに見つめ、アプローチした作品でした。

どの作品にも等しく愛着があるため、短編のタイトルからどれか選んで表題にするという気にはどうしてもなれず、結果的に『傘をもたない蟻たちは』と名付けました。

前にならって列をなして歩く蟻たちが雨によってばらばらになってしまう、そんな光景を作中の登場人物に重ね、このようなタイトルにしました。

本作を書くにあたり、協力してくださったみなさま、ありがとうございました。

そして素敵な解説を書いてくださった窪美澄《くぼみすみ》さん、本当にありがとうございました。読んでいて、不意に泣いてしまいました。今後も自分を信じて書き続けようと思います。

本作によって、読者の方々のずぶ濡《ぬ》れになったような気分が、少しでも救われますように。そして頼りない夜に、ひとつの光を灯《とも》せますように。

平成三十年四月　加藤シゲアキ

解説

窪美澄

「なぜ小説を書きたいと思ったのか？」という問いは、小説家になると案外よく聞かれる。

最近は「離婚後、子供を大学に行かせるためのお金が欲しかったから」と紋切り型に（取材がスムーズに終わるように）答えてはみるものの、正直なところ、それだけじゃないよな、という、ざらりとしたものが心に残る。

私は三十五歳くらいの頃、小説を書いておかないと死ぬときに後悔するかも、と思った。どんなに仕事をしてもたいしてお金をもらえないライターの仕事、どんどんと亀裂が大きくなっていく夫との関係、たくさんの言葉をつくしても心が通じたとは一度も思えなかった母への思い……そういうものをひっくるめて雑に言ってしまうと、私は激しく苛立《いらだ》っていた。この気持ちをなんとか言葉にしたい。それが高じて、小説を書くという衝動を抑えきれなかった。そのとき私のなかには、「アイワナビーアナ〜〜キ〜〜」と叫ぶステレオタイプのパンクロッカーが確かにいたのだ。

加藤シゲアキさんが、なぜ小説を書き始めたのか、私は知らない。

加藤さんが活躍されている芸能界のこともアイドルの世界のことも詳しくはない。けれど、加藤さんが小説を書こうと思ったいちばん最初の動機には、何かに対する激しい苛立ちが含まれていたはずだ。デビュー作はもちろん、その後の作品、そして、今作の『傘をもたない蟻たちは』を拝読して、同じことをまた強く思った。

この本に収められた七つの短編は、その作品の立ち位置も、登場人物も、物語の運びもそれぞれ異なる。いわば、いろいろな味が楽しめるアソートチョコレートのようなもので、さまざまな切り口の加藤シゲアキ的世界を楽しむことができる。拝読して改めて思ったことだが、加藤さんの文章力の高さ、物語の運びのうまさ、というのは、もっと多くの人に評価されなくてはならない。

そして、どの作品も読んだあとに、さわやかな余韻が心に広がる……という作品ではない。心にあたたかな火が灯《とも》るようなものでもない。

「登場人物に共感できたからこれは良い本！」「読んだあとにほっこりした気持ちになりました！」という、昨今ありがちな感想や風潮に同調することを、最初からきっぱりと否定している。

私は後味が悪い作品が好きなのでむしろ大歓迎なのだが、書き手がこういう作品を好んで書くとき、やはり、何かに対する（それは具体的な誰かとか、何かではなく、目には見えないけれど、今の時代にかすかに漂う不穏な空気だったりもする）苛立ちや反抗のようなものが多く含まれているのではないか、という気がするのだ。

どの作品にも共通しているのは、青年（人間の成長過程における一時期。広く社会のなかで自立していく時期）の苛立ちや困惑、狼狽《ろうばい》、動揺……である。それを加藤さんは正確な筆致で描いている。正確に、とは、登場人物の感情の動きや、立ち居振る舞いに不自然さがない、という意味だ。

そして、どの作品も視覚的である。これは加藤さんの作品の大きな魅力のひとつだと思っている。どれを読んでも、容易に映像が目に浮かぶ。小説を書くことは、たった一人で映画を作ることではないか、と思うことがある。監督、カメラマン、脚本家、それをぜんぶ自分一人で、やる。加藤さんの小説を読んでいると、加藤さんのカメラはステディカムのように思える。つまり、レールの上の台車やクレーンに載せて撮影しているのではなく、カメラマン自身である加藤さんがカメラを持って撮影しているような（描写しているような）、ほかの小説にはあまり見ることのできない臨場感が加藤さんの作品にはあるのだ。

以前に対談をさせていただいたときにもお話ししたが、作品のなかで使われるモチーフの使い方も相変わらずうまい。『Ｕｎｄｒｅｓｓ』で登場した「エンジェルナンバー」という言葉を目にしたときは、「そこに目をつけるなんてずるい！」と思わずにいられなかった。こういうアイテムが登場人物に奥行きを与えることを加藤さんは作家として本能的に理解している。

若い男性が登場する『染色』や『Ｕｎｄｒｅｓｓ』、まさに小説家が主人公の『恋愛小説（仮）』などの作品は、主人公を加藤さんの姿と重ねて読む方も多いかもしれない。加藤さんご自身のお気持ちはわからないが、私は小説にそういう読み方があっても良いと思う。加藤さんの小説世界では、加藤さんが監督であり、カメラマンであり、脚本家なのだから、主演であっても、もちろんいいのだ。

加藤さんが「アイドルでもあり小説家」ということが、小説を書くうえで、どういうデメリットがあるのか、その本当のところは私にはわからない。けれど、本が売れないこの時代、自分の本をたくさんの方に読んでもらうためには、どんな武器でも使いましょうよ、と素直に思う。アイドルである加藤さんの本だから、と加藤さんの本を読む人も多いだろう。けれど、そうやって本を手にとった方たちをがっかりさせるような作品を、加藤さんはこれまで一冊も書いていないからだ。

余計なことだと百も承知であえて書くけれど、加藤さんは、書き手としての自分の力をもっと信じるべきだ。心からそう思う。

どの作品も甲乙つけがたいが、次に加藤さんが書く世界が垣間《かいま》見られたかな、と感じたのは、最後の一編『にべもなく、よるべもなく』だった。根津爺《じい》や純の兄のキャラが最高にすばらしい。え、加藤さん、こんな風景や人物の内面までも書けるの、と空恐ろしい気持ちにすらなった。

『にべもなく、よるべもなく』に限らず、この本には加藤さんがいつか書くであろう作品の種がそこかしこに蒔《ま》かれている。それを見つけることができただけで、私はうれしかった。

書くことをやめる、とは絶対におっしゃらない方だと思っているが、アイドルと小説家を両立されることの底知れぬ大変さに、もしかしたら、心がくじけることがあるかもしれない。それでも、これからもどうか書き続けてほしいと思う。

加藤さんの新しい作品を待っている方は、加藤さんご自身が考えている以上に、この世のなかにはたくさんいるのだから。

本書は二〇一五年六月に小社より刊行された単行本に、「小説 野性時代」（二〇一六年八月号）に掲載された「おれさまのいうとおり」を加え、文庫化したものです。

傘《かさ》をもたない蟻《あり》たちは

加藤《かとう》シゲアキ

平成30年 6月25日　初版発行

発行者●郡司 聡

発行●株式会社KADOKAWA
〒102-8177　東京都千代田区富士見2-13-3
電話　0570-002-301（ナビダイヤル）

角川文庫 20980

印刷所●旭印刷株式会社　製本所●株式会社ビルディング・ブックセンター

表紙画●和田三造

ISBN978-4-04-106888-5　C0193

角川文庫発刊に際して

角川源義

第二次世界大戦の敗北は、軍事力の敗北であった以上に、私たちの若い文化力の敗退であった。私たちの文化が戦争に対して如何に無力であり、単なるあだ花に過ぎなかったかを、私たちは身を以て体験し痛感した。西洋近代文化の摂取にとって、明治以後八十年の歳月は決して短かすぎたとは言えない。にもかかわらず、近代文化の伝統を確立し、自由な批判と柔軟な良識に富む文化層として自らを形成することに私たちは失敗して来た。そしてこれは、各層への文化の普及滲透を任務とする出版人の責任でもあった。

一九四五年以来、私たちは再び振出しに戻り、第一歩から踏み出すことを余儀なくされた。これは大きな不幸ではあるが、反面、これまでの混沌・未熟・歪曲の中にあった我が国の文化に秩序と確たる基礎を齎らすためには絶好の機会でもある。角川書店は、このような祖国の文化的危機にあたり、微力をも顧みず再建の礎石たるべき抱負と決意とをもって出発したが、ここに創立以来の念願を果すべく角川文庫を発刊する。これまで刊行されたあらゆる全集叢書文庫類の長所と短所とを検討し、古今東西の不朽の典籍を、良心的編集のもとに、廉価に、そして書架にふさわしい美本として、多くのひとびとに提供しようとする。しかし私たちは徒らに百科全書的な知識のジレッタントを作ることを目的とせず、あくまで祖国の文化に秩序と再建への道を示し、この文庫を角川書店の栄ある事業として、今後永久に継続発展せしめ、学芸と教養との殿堂として大成せんことを期したい。多くの読書子の愛情ある忠言と支持とによって、この希望と抱負とを完遂せしめられんことを願う。

一九四九年五月三日